仙人掌之愛

・陳朝虹　著・

自序

寫一本書是我多年願望。自高一起就喜歡看愛情文藝小說，或許被這種纏綿悱惻的文字遊戲感召，所以對自己設定一個目標，將來也寫一本文藝小說讓周遭朋友瞧瞧！

2002年編著第一本有關地方口耳相傳的民間鬼魅傳說，大略將望安島上這五、六十年來，所有茶餘飯後的閒聊作了一次比較完整的彙整，結果造成了兩極化的偏頗。有人說，望安有那麼多的鬼嗎？但又有另一派年青人認為能用訪談方式收集兩百多篇繪聲繪影的傳聞，也是一件島上奇蹟，自此後就以這本《望安傳奇》為依，把鬼統一了。

寫《仙人掌之愛》是一段機緣，因為女主角的遭遇和失落，正符合我要尋找的體材。經過多次和女主角面對面溝通及探討，好不容易才將她的思路安撫下來，再一次撩撥傷痛的表白。

我在想，書若出版了，那必定又會造成島上另一波攻防戰，但不管事後發展如何？至少能給這小小蜜月島掀起一陣波瀾。

CONTENTS

第一章

那個讓人屏息呼吸窒礙的午后。一杯血腥瑪莉加兩顆藍莓的小ＰＵＢ店尾角落，童艾華啜飲著杯中淡漫的紅酒，右手托着眼眶，食指順延額紋來回搓揉。她似乎有些兒膽怯，雖然擁有一雙明亮深眸的大眼睛，卻難掩心中那股忐忑不安的憂慮，娓娓的移動一下椅子順手將裙擺延臀坐定。

桌上放著一只醫院使用的包裝公文封，靜靜的杵在對面桌沿。她是在等，在等一個曾與自己生命共起火花、同濺漣漪的人。他，曾在墾丁渡假村的天鵝湖對著湖中黑天鵝明志，將與自己鶼鰈情深；更在阿里山日出的那一剎那擁卿細言，願晨曦最早的太陽見證，吾與卿親一生相隨。

店裡播放著美國歌手Norah Jones的歌曲，她似乎被歌曲的音律所動，眼睛眨了兩下，然後循音源瞧瞧櫃台的播放機。她想，在這麼好的氣氛之下，可能不一會兒後，將和生命中刻骨銘心卻也夠柔腸寸斷、咬牙切齒的男人——廝殺。

她還在等！

還在思眸？！

七十二年次的童艾華正值青春年漾，是一個剛滿十九歲高中小女生。雖然個子嬌小，卻擁有一頭柔細飄逸的溫潤亮髮，及一張清麗脫俗的足讓你在觸目之際，很快就能感受到溫馴、美麗的精緻臉龐。在學校她雖然不能說艷冠羣芳，卻也博得「親善公主」的頭銜。

「大家快把地址、連絡電話抄起來。」唐素樺大聲吆喝。她是班長，也是艾華最要好的同學之一，尤其高魁的身子加上低沉、沙啞的嗓音，站在孅細柔弱的艾華身旁，有如一對母女，也因如此，才蘊育出這對情同姐妹的手帕交。

「照相嘍！」還是唐素樺的號令：「大家到講台上，請擺個可以嫁尪的姿勢。」

「多年後，請各位攜夫帶子來參加同學會。」有人起哄的附合。

「艾華快來照相。」唐素樺高呼道：「不要哭了。」睜著兩顆又圓又大的眼睛瞅視。鬧哄哄的教室裡，陡然間緘默下來，大家把眼光全拋向童艾華。

瞧她一副淚人兒樣真叫人有些心疼，是先天性的淚腺發達呢？還是後天脆弱的身軀使然。每次聚會的收場就見她一人獨自收著碗盤，然後一邊拭淚；集會散場了，大家走了，她卻也哭腫雙眼，隔日上學又見她帶一副可遮住整個臉龐的超大眼鏡。

「我的大美人哦！都已經畢業了，妳還哭。」林美靜撫住她的肩：「今後妳怎麼嫁人，養小孩！」

「要不要幫妳拿眼鏡。」許珍妮遞上面紙：「乖！等一下帶妳去找阿娜答。」

『范家祥。』資優班的高材生，不僅是身材高俊挺拔外，學業成績可算全校第一。同艾華一樣都是離島的孩子，也都住在學校宿舍。

一次的學校英文演講比賽，童艾華和范家祥分別得到男生組及女生組的第一名。從此，兩人被同學喻為「范大使、童夫人」，很自然的就把他們「送作堆」。

范家祥在學校裡是一個風雲人物，他沒有加入任何社團，班上的活動也從不參與。班導師曾經約談過他，卻也無法理解一位品學兼優的高材生，怎會如此孤傲、不合群。

至今沒有人可以理解一個十七、八歲的年輕小伙子，怎麼在大團體的生活圈中能自恃一種桀驁不馴的個性。同學中有人試著與他友善，終究沒有門道可切入。導師的家庭訪問中，也查不出一個捕魚、務農的小康家庭會有什麼問題。

艾華半跑半跳的回到宿舍，提著比自己還重的行李，能帶的就拿走，不想增加負荷的就留給同寢室的學妹，她走了。

走出校外，馬路上的過客仍然熙來攘往。平時在校門口對面賣水煎包的歐巴桑還在哪兒，這三年來不曾聽過她叫喊或招呼，就連我們這些「麻吉」的老主顧，也只能會意她簡短的：「多謝，二十塊啦！」

聽隔壁班的同學竊竊私語，歐巴桑有一個好吃懶做的丈夫，再加上智障的兒子。命運的安排已經夠苦了，她大女兒又在高一那年跟阿兵哥跑了，至今下落不明。

同部隊的弟兄在歐巴桑失去女兒的半年後，向她說：「妳的女兒在台北，那個騙她的阿兵哥用毒品控制她，甚至還把她賣入酒店。」

事後，歐巴桑喝農藥自殺。

經過社工人員的輔導，總算救回一個瀕臨瓦解的破裂家庭。後來就見歐巴桑推著三輪車賣水煎包。

「老闆娘，我畢業了。」艾華跨過馬路並靠近攤位：「我會想妳和水煎包。」

「恭禧妳，出社會壞人多，要細利（小心）。」攤位內正在鏟翻水煎包的歐巴桑回應著。話落，又見她低頭繼續剝翻鍋內的水煎包，同時順手鏟了兩個包子放在袋內：「查某囝仔，這兩個給妳吃。」

「謝謝。」本想推辭，見歐巴桑難得的一抹笑容，雖然眼角魚尾紋足足可擠死一堆蒼蠅，但這份盛情艾華心領了。

揮別水煎包歐巴桑，固然心有戚戚，但也不能安慰她些什麼，只能在內心裡祈禱她女兒早日脫離魔掌，回到她身邊。

上了船，回到屬於自己的家，偏遠的蜜月島——望安。

慵懶的過了半個暑假，一個午後的艷陽天，艾華整整睡了四小時才醒來，揉揉惺忪的眼眸，頭向窗外探探，心裡嘀咕著這樣熱的天不曬死人才怪呢！

抽出衣櫃裡那件學校製發的連身式泳衣，在這堂高中三年必修課程中，每位同學都得學會游泳，並且要游五十公尺才能畢業。本來是想留給學妹們，因為自己個子小，身材瘦弱，才沒有人願意收留她的泳衣呢。快速的換上泳裝，再披上T恤，伸伸頭看看媽媽是否在客廳，如果被撞見了，那免不了又是一頓奚落和嘮叨。

飛呀！有如脫韁野馬般的快速奔騰，才幾分鐘的腳程就來到近家咫尺遠的沙灘：「喂……。」將手摀在嘴唇：「你們好嗎？我可想著你們耶。」

四周並沒有其他人，雖然「望安」是觀光島嶼，但這一片屬於在地人的沙灘，一般遊覽團是不會到這兒的。展開雙手以跳躍式的直奔海裡，她浸淫在這個從爸爸、祖父、曾祖父的海。他們的舢舨船隻，一次又一次的停泊在此，媽媽也將丁香魚、鸚哥魚一擔又一擔的從這兒挑上岸，然後每街每巷的叫賣。這海，真叫人疼愛極了。

晚餐後。

「妳也該去找頭路了吧。」媽媽在廚房嘮叨：「高中畢業了，還窩在家裡，要我養妳一輩子呀！」

「……好唄。」艾華關掉電視機：「明天就去高雄找大姐啦。」

「妳大姐、二姐國中畢業就去工作。」媽媽又嚷了：「看看妳，高中畢業那麼久了，還不去工作。」

「阿華又怎麼啦？！」童爸爸停下機車，就聽到她們母女對話：「惹妳老媽生氣了。」

「爸，沒有啦。只是媽叫我去找大姐、二姐。」

「哪兒有工作了嗎？」挑挑眉：「什麼樣的性質。」

「爸，不是啦。」艾華嗲聲道：「是媽怕我多吃米。」

「哦。」童爸爸沒有回應，搓搓手又摸摸後腦勺，閃了。

爸爸一直怕媽媽，自從懂事以來，媽媽說什麼就什麼。連冬天不出海的日子，爸和叔叔、伯伯們喝兩杯或是打打麻將，只要媽說不行，就不行。記得有一次爸爸不知道為了何事和媽起爭執，媽哭過一次，至此後就再也不見爸敢說一句「不」或是「我想怎麼樣。」多年來，爸天天出海，媽也把家管理的有條不紊，只是我們這堆眾姐妹們，讓她在「童家」地位上有些鬱卒而已。

艾華是五姐妹中的老四，個子最嬌小，但人長得最甜美，更是爸爸心目中的白雪公主。每次學校放假回家，爸爸總是把海裡抓回來最上等的鮮魚留給她。返校時也會在碼頭偷偷的多塞一仟塊錢。每次她小小手心接觸父親的粗繭大掌，枯糙脫皮的手心雖然讓她有些刺痛，但那厚實的腕背就有一道暖流傳遞，直入心扉。

第二章

「唉！」艾華站在機場的大門口，這已經不知道是第幾次的嘆氣了。

雖然這是意料中的事，但只好忍耐了。明明交待幾點的飛機，幾時會到，偏偏大姐就是不見踪影，要不是人生地不熟的，早就叫計程車回家了。

「老妹，老妹。」大姐在隔道的馬路上招手喊著：「對不起，塞車啦。」

好不容易見着大姐的車子靠近。

「氣死人了。」大姐下車開後車廂，嘴巴嘟囔著：「剛在路上碰見警察管制車輛，真不知道又是哪一位大官要來視察了。『噼』三天兩頭沒事就來巡視，然後一大堆警察嗶．嗶．的鬼叫……。」大姐艾君一見面就是一串的抱怨。

「唏。」艾華瞄著走廊上一堆候車的旅客，整齊一致的往她們這邊行注目禮：「大姐，回家啦。」同時將自已往車內鑽。

「喂！大隻呀，二隻怎麼沒來。」姐妹間的暱稱。

「別說了。」艾君一邊開著車，一邊撥起手機：「妳自己跟她說。」順手將手機遞給身邊艾華。

「喂！二隻呀。」她大聲的吼著。

「哈哈……。」對方是老二艾琳的聲音：「四隻，對不起囉，今天公司辦郊遊，沒有參加的算曠職。」

「算了吧！少來這套，不接我就算了，還狡辯。」艾華有些氣憤：「媽要我帶來的東西……。」

「四隻耶，拜託啦！」沒待艾華將話說完，艾琳搶著：「別動我的黑糖糕。」

『嘟。嘟。』

「真氣人。」艾華跺著腳：「好大膽，敢關我手機。」

車子駛入二聖路的一條巷子。

「大隻，妳們住在這裡呀？！」瞇起眼的好奇眺望。

「不高，十六樓而已。」大姐將車子轉入地下室。

「好像很不錯的樣子。」艾華雀悅著。

「每月租金八仟塊，超貴。」艾君搬著行李：「喂！快走啦，妳在發什麼愣。」

艾華怔了一下，隨後跟著上電梯。

一間三十坪左右的七樓公寓，三個房間及兩套衛浴，再加八坪大的客廳和廚房。

老大在「衣蝶百貨公司」上班，老二在新興街夜市賣鞋子。平時各自生活，房租共同分擔，兩人都沒有男朋友。老大喜歡買漂亮衣服，老二卻貪玩，只要公司一放假就不見踪影，她去過義大利，也曾到過法國巴黎鐵塔。

姐妹之間感情甚篤，澎湖來的查某囝仔嘛，她們都很愛惜自己，除了工作之外，兩姐妹更是以半工半讀的方式唸完高職。

艾華放下行李，她的眼睛一直在探索著整個房子，她在想，從現在起這裡是另外一個家，要面臨整個新社會，多綺夢的世界呀。

「阿華。」大姐命令著：「妳睡那間。」手指向左方的側面房間。

「喔。」回過神，提起自己的行李，開啟了大姐指定的房間門。

稱不上是上等的臥室，一張彈簧床加上一張可當化粧台的書桌，剩下的就是衣櫃了。艾華將衣服條理的掛上，坐在床沿，「哇，好柔軟的床。」這下可不必和老五擠木板床了，更不用聽媽媽每天碎碎唸。

「四隻啊！」艾君在客廳嚷著。

「喔。」睜開陶醉不已的雙眸，快步的衝出房間。

「二隻的黑糖糕要不要冰？」大姐手裡拿著剛從箱子裡抽出的包裝紙盒。

「不用啦，阿母交待不能冰。」艾華不經意的答覆。

「妳去洗澡，待會兒帶妳去吃筒……仔……米……糕……。」大姐拉長聲音調侃：「加四神湯。」這是她們姐妹共同的嗜好。

「萬歲。」艾華高興的跳起來鼓掌：「耶！」

「喂！別三八了，樓下會抗議喔。」艾君噓著嘴：「小姐耶，我們這裡是高級住宅區，不是澎湖的家，妳叫什麼。」

「是的，遵命。」艾華扮個稚趣的鬼臉，一溜煙的衝進浴室。

都市的夜，讓海口來的囝仔目瞪口呆。

「大隻。」艾華側過臉的凝視：「我可以再叫一份筒仔米糕嗎？」她有些意猶未盡的感覺。

「不要啦，我們去喝蜜汁檸檬，前面有一家不錯的冷飲店。」艾君付了帳：「離二隻她們的店不遠。」

姐妹倆，頗有閒情逸致的流連在人聲鼎沸的觀光夜市，尤其艾華更是睜大雙眸的瞅著五花八門的攤位。

「哇，大隻妳看。」艾華揪住艾君：「丁字褲耶，好漂亮。」指著街旁衙掛的攤櫃。

「妳別那麼菜。」艾君逕自向前。

她一路跟在姐姐身後，眼前的一景一物觸動著這位初出茅蘆的鄉下囝仔，她好興奮。

「媽有來電話。」大姐從浴室內走出：「問妳找到工作沒有。」邊走邊擦拭著溼淋淋的頭髮。

艾華並沒有回答艾君的話，只是心裡泛嘀咕著，每次都這樣，剛畢業回家就嫌我多吃米，現在來高雄又馬上電話遙控我，『唉！』當妳『童林素菊』的女兒真命苦。

「喂，四隻妳有聽到我說話嗎？！」艾君提高分貝的重訴一遍。

「知道了啦。」嘟噥微翹的雙唇。

「那妳打算如何。」艾君揚起漂亮的明眸瞅視。

「二隻有幫我找了。」有些不高興的應著，她還在生媽媽的氣。

「她那麼瘋，一放假就跑得無影無踪。」艾君將擦拭頭髮的浴巾披在沙發椅背上，轉個身子回到浴室。

圍巾從她身上滑下，艾君並沒有馬上關上浴室房門，坐在對面看電視的艾華正好視線攫掠到艾君露出的嬌媚胴體。

「哇。」咋舌久久不能言語：「這是人嗎？」

「……。」

「大隻妳好美哦。」跳了起來，迅速的衝進浴室：「各位請看童大小姐的豐盈酥胸，蠻腰細柳……。」兩顆斗大的眼睛瞅視，雙手輕觸艾君的體膚，並來回的撫摸著。

「妳有病唉。」大姐將艾華推出，關上浴門。

「大姐妳有沒有男朋友。」倚在門外，仍對著浴室內的艾君逼問。

「沒有。」整齊的穿好短褲、T恤，從浴室出來。

「別騙人。」艾華瞇起眼睛，用斜視的眼角眺了艾君，她在察覺大姐是否敷衍她。

「真沒有呀。」艾君打開冰箱，吸著蜜汁檸檬茶。

「難道全世界的男人，眼睛都被蛤仔肉給黏住了？」她忿忿不平的叫屈：「大隻，妳給我高雄市長電話，我要建議他辦個徵婚活動。」抓起桌上手機，口中喃喃言道：「真是暴殄天物！」

「別掰了。」艾君將手中的蜜茶放在茶几上：「說真格的，妳到底想做哪行工作？明天我也幫妳問問。」

「好呀。」艾華收起淘氣的口吻：「上班不用打卡，中午休息，晚上十點前下班，週休二日……。」雙手叉在腰間，一副正經八百的樣子。

「妳以為妳是誰啊。」

「童家老四。」斬釘截鐵的應著。

言說童家祖先是旗人，憶當年在山海關外也是赫赫有名的皇親國戚。祖先入關後，一路南移至福建、廣西一帶，起初從事布匹貿易，輾轉做塩商，生意一直很好，可稱的上霸業一方。

清末年間，各地外國人盤據整個大陸，家族的地方霸業逐漸萎靡，艾華的曾曾祖父決定攜家帶眷遷移，接著就唐山過台灣了。

一路上和閩南人同棲同行，為了掩飾身份，乾脆改了姓氏。長輩說，如果清朝仍在，「孫中山」不攪了局，今天童家仍可洋洋灑灑的佔居一方，人人見了還得下跪叫「貝勒爺」、「格格」呢。

陡然。

門開了，老二艾琳氣呼呼的將門回關，『碰』一聲，

艾華和艾君一陣錯愕。

「怎麼了？」兩人同時喊著。

「不幹了。」艾琳將涼鞋塞進鞋櫃，轉身坐在沙發上：「我把老闆炒魷魚了。」語音中帶些哽咽。

「發生什麼事嘛！」大姐憂著臉問。

「譚香珍啦。」喝了桌上艾君的檸檬茶：「她男朋友昨天放假到店裡找她，結果香珍不在，我看他傻呼呼的愣在店門口，就拿了椅子讓他坐，順便叫了一杯可爾必思請他。」

「然後呢。」艾華輕咬著下唇。

「昨天那個傻愣子不知向香珍說什麼。」艾琳熱的脫去外衣：「香珍一上班就跟我吵架，說什麼她跟男朋友早就同居了，當兵一退伍兩人就結婚。昨天她不在，而我卻趁機搶了她的男朋友。」

一股腦兒的劈里啪啦說了一串，拿起杯子又吸了一大口檸檬茶，氣似乎沒消，整個心臟鼓脹的遠遠就能聽出震盪聲響。

「那跟炒老闆魷魚又有何干?!」艾華趁著空隙插入話題。

「呸，我們那個爛老板卻一味的偏袒香珍，說我不該橫刀奪愛，不近人情事故，況且又是多年好同事……。」艾琳激怒的揪緊拳頭，心裡謾罵著。

她知道譚香珍是老板的遠房親戚，也是從國中畢業就來鞋店當雇員，論資格大家都有六、七年資歷，平時大夥相處融洽。前兩年不知從那裡蹦出一個「青仔欉」，個子矮矮的，長得滿臉青春痘另加一大簍落腮鬍，更噁心的是整天啃著檳榔、叨著菸，還不定時的「呸」，吐了滿地檳榔汁。

艾琳根本不屑一顧，只是他常來店裡且又和善的跟她打招呼，最近才漸漸的不排斥，有個點頭示意。他在當兵，聽說再混個兩、三個月就退伍了，真不知這號人物在做什麼大頭兵，三天兩頭就放假，只要一放假就黏著譚香珍。而當天晚上兩人就不知跑去哪兒廝混，隔天艾琳又得替她上早班。

今天上演出這齣「惹君情痴」的愛情悲劇，氣得艾琳和老板揹上，擰著皮包走人，老娘不幹了。

艾華和艾君沒有立即插嘴，只是靜靜的承受分擔她的無奈感傷。憤怒和氣結壓的滿室愁霧。

這一夜，大家都睡得不好。

「叩，叩。」艾君輕輕的敲了艾華房門：「我去上班了。」

「嗯！」抬眸望穿窗外雲端，她早早就起床上廁所，然後輕輕的墊起腳跟到二姐房外聆聽。

見了昨夜艾琳一抹苦澀和哀傷表情，艾華的心底有股難嚥的痛楚。思索一瞑，今日怎樣才能幫二隻渡過陰霾的一天。

時鐘爬過上午十一時，肚子不爭氣的咕嚕叫嚷，她下床步出客廳。

「二隻。」訝異的發現童艾琳，好端端的坐在沙發上：「妳還好吧！」艾華驅前兩步。她沒有答腔，只是深眸的眼眶裡另加一道昨夜失眠憤憤不平哭過的窘態，感覺有些令人不安。

艾華不禁微蹙起眉頭，輕倚的撫摸她的肩膀。

「四隻。」艾琳陡然站起，自嘲一笑：「今天中午吃什麼？」雖然臉上勉強擠出一抹笑容，但不難察覺出她內心仍杵著惆悵和忿忿不平的擰痛。

「冰箱還有魚。」艾華打開冰箱冷凍櫃：「中午煮個鮮魚湯當午餐吧。」伸手撬開凝固在冷凍櫃裡的澎湖海鮮。

兩姐妹一同進入廚房起鍋，瞧艾琳抽出櫥櫃裡刀子時，艾華：「哇。」一聲。

「妳叫什麼！」艾琳幽幽的說。

「沒有啦。」一臉呆愕。

「妳怕我割腕自殺呀！」

「沒有，沒有。」艾華控制住戰慄的恐慌。

「我才沒那麼笨。」雖然口說不再乎，不難看出艾琳內心仍無法掙脫一道難以遏止的悸動不安。

停了些時，她們只是站著，沒有對話也沒繼續動刀殺魚，這個時候誰也不願去撩撥傷痛。

「喂。」艾琳開了口：「回神吧！」兩姐妹互視對方一眼，咧嘴的笑著。

她們血液裡有著共同的血素，一樣深層明眸加上一點點原住民的健康膚顏，以及北方草原上奔馳清澈的豪邁。

「二隻，妳不去上班啦。」壓低聲調，小心翼翼的試著問。

「不要。」語氣稍平的回應：「我才不要再去看那張有失公允，偏袒私心的糟老頭臉色。」

「……。」艾華沒再答話。

「四隻。」艾琳突然提高聲道：「我差點忘了告訴妳，工作已經幫妳找到了，就在我們店的斜對面，那家賣冰的冷飲店。」說到此時，才見她露出微微的笑容。

「店名叫什麼！」艾華托腮側臉的候著。

「悅心賞夜。」

「我知道。」艾華好像中了樂透一般的喜悅：「那天我和大姐有去過。」臉上浮出一種綻放的笑靨。

「哎……。」長嘆一聲：「妳找到工作，我卻失業了。」艾琳甩甩頭，一副不再乎的樣子。

第三章

第一次要上班，她起了個大早，不，應該說她昨夜就沒有好好入眠，躺在床上思索、輾轉，翻來覆去得就是不能靜靜安息。抬頭看看窗外，好想告訴月娘，她羽翼已成，準備要飛了。偏偏高樓大廈的鐵窗，窗外又是一格一格的欄柵，找不到也摸不著，『月娘呀！月娘。』妳收到童艾華的訊息了嗎。

「唉！」蜜月島上的月娘，妳沒有跟著來嗎？妳迷了路，還是住不慣滿是塵埃的繁雜都市，「啊。」我真的好想妳哦。難道妳忘了我們的承諾，「同臥沙洲、踩浪追逐。」然後做個夜夜伴我回家的孃娘。

今天好想向妳撒嬌。

妳在窗外嗎？

「艾華。」揉著雙眸的艾琳，敲了門：「九點帶妳去見老闆。」話落，展展蠻腰，抬高腳丫的往浴室盥洗。

艾華沒有上粉，只是輕淡的抹了一下口紅，這是她當女孩子以來第一次用化粧品，雖然有些不慣，但自己照了鏡子以後，整個洋溢在臉頰上的笑容，就可証明她跟全世界的女孩一樣愛美。

步出房門，她早已就緒完畢。收收昨夜二姐留在桌上的報紙，打開冰箱想找點吃的，看了看，對著冰箱傻笑一番，又闔上。

「二隻。」凝著步出浴室的艾琳：「我有點害怕耶。」頻頻搓柔手腕上的錶。

「幹嘛！」艾琳一邊回答，一邊褪去睡衣，然後順手在電視機旁的衣架上取下一件橫條紋T恤套下：「妳又不是去相親。」轉個身來到鞋櫃旁，拿出涼鞋穿上。

她沒有再出聲，只是傻愣愣的跟在艾琳身後轉圓圈。本想只是單純的晃晃而已，無意間卻目睹了一場ＬＩＶＥ脫衣秀，反而讓她真愣住了。

「二隻，妳在家都這樣換衣服的呀！」上了電梯，艾華瞅著她的胸部言道。

「嗯！」對著電梯內的玻璃牆面，艾琳雙手撥弄髮梢，她也是一個美人胚子，只是個性略為中道一些，平時不愛穿裙子又喜歡和男同事瞎掰、扯爛汙而已。女生和她外出總有一種不被欺侮的感覺，男同事也不曾有人對她動過男女情愫，所以她離開蜜月島後從不想家，也沒給家裡增添過麻煩。僅此這次，為了一個不屑的大頭兵害她負氣丟了工作，也失去這個無厘頭傻妞——譚香珍。

「老闆會不會很兇。」艾華換個話題，仍可看出有些耽心。

「不會啦，只是有些色色的。」艾琳繼續撩弄她的捲髮。昨夜沐浴後沒有吹乾就入睡，所以現在有些微翹：「不過沒關係，他很怕老婆，而且也不常在店裡。」

「那店誰在管？」

「小姨子。」

「……。」有些不解，頓了。

「店是老闆夫妻開的，但老闆每天遊手好閒又喜歡虧店裡的小姐，所以他老婆叫妹妹來幫忙，順便牽絆這頭大色狼的姐夫。」艾琳若無其事的聳聳肩。

「那老闆娘呢！」艾華疑惑。

「老闆娘在家看小孩。」語畢，電梯門正好開了。

姐妹倆在巷口早餐店用了早點。

她們造訪這條艾琳好熟好熟的新興街夜市，整條街經過一夜喧譁、糜爛，真可用滿目瘡痍來形容它的紊亂及不堪。初晨，僅有幾家做早餐的店鋪張揚著，店內飄出陣陣香噴噴的燒餅油條加起士漢堡味，偶爾聽見老闆娘的招呼聲，剩下的就只有路旁垃圾堆裡拾荒阿伯了。

台灣的任何一處觀光夜市或旅遊勝地，只要被一群人或一個團體踐踏過，真的很難可以倖免跳脫，猶如被颱風橫掃一般，不柔腸也得寸斷。

艾華瞄了路旁拾荒老者，瞧他一身全副武裝加配備，肯定是生活潦倒堪憂的孤寂老人。一台漆落鍊銹的腳踏三輪車及幾個大紙箱，加上滿臉憔悴倦容，這就是一身行囊寫照。昨夜他一定在此捍衛疆土，然後等待人潮散去，僅為著就是黎明乍現，獨得散落的幾個塑膠瓶罐及紙紙片片，或許換得的這些零錢就可換來一頓溫飽。

她憂憂微蹙著娟秀的雙眉，打從內心底泛起陣陣哀憐，她又想哭了。

停好機車的艾琳並沒有查覺愛哭鬼的小妹，瞧她瞪大眼睛的凝視斜對角一家店舖呆愣。

「二隻，妳在看什麼！」止住快奪眶而出的淚珠，同時目光也跟著艾琳探索。

「那家『巧巧鞋店』就是我工作的地方。」語調中有些不捨，同時用手指示前方。

這個朝夕相處的街，還有再熟絡不過的店室，六、七年的感情融入，卻被一個臭小子砸了，「唉！」撫平不甘的怨氣思緒，仍然餘波盪漾。

五官分明、身材碩健，看起來倒有一般風流倜儻的人形模樣，四十五、六歲的中年男子還能有此不衰的姣好臉孔，難怪他有「吹」、「虧」的本錢，再漂亮能幹的老婆也得提防三分，免得這種不安於室的男人有機可趁。

艾華暗忖的窺視著，她在觀察眼前這個壞痞子。

「我跟你姐姐很熟。」他正眼的瞧著。

艾華懾了一下，馬上收回還在為他打分數的思緒，兩顆圓瞅瞅的眼球，馬上集中在距自己不到一公尺的「老闆」身上。不敢抬頭再加上自己嬌柔的身軀，站在這人胸前還真有點會被吃掉的感覺。

不怕！腦部神經快速通過決議，不管這老闆有多色，我是來工作的，何況店內還有其他小姐，他能對我怎樣。

「哦。」本能的回應，手腳仍有微顫。

「妳剛高中畢業。」他咧咧嘴的言道。

「是。」有點僵硬的答覆，臉上立即湧出一股羞澀。

「歡迎妳加入我們的工作團隊。」用一種溫和的口吻對著艾華笑道。

「謝謝老闆。」彎下腰，謙恭的點了頭：「請問我幾時可以來上班。」順手整整有點皺折的衣角。

「現在。」他簡短的答腔，馬上又接口：「以後別叫我老闆，我姓雷，叫宇鳴。」

「……」

「直接叫我雷大哥。」雷宇鳴驅前的伸出右手。

艾華略略遲疑些許，緩緩的接納他禮貌性握手。心裡泛嘀咕著，幹嘛握手，難道這就是色狼的第一道柵欄，先撫了妳的心，然後再步步吞噬妳的人嗎？

她感到臉上一陣燥熱，加上反應過度，不待雷宇鳴的手腕輕擺，急促的抽回右手。或許動作太突然，艾華有些羞愧，再看看雷宇鳴的一臉尷尬，她知道自己失禮了。

雷宇鳴領著艾華。

「宜芳、千蕙。」對著櫃台裡的兩位店員輕喚：「給妳們介紹新同事。」

櫃台內的兩位低語交談小姐抬了頭，淺淺的對著艾華示意。她們沒有太多熱絡的招呼用語，只是用一種淡漾眼眸告訴妳這個菜鳥，來就來吧。

「這是宜芳。」雷宇鳴親暱的撫拍她的肩，他的手勢同時比著身材比較高挑的女孩子言道。

艾華迅速的上前一步，雙手筆直的延膝貼褲，作個四十五度的鞠躬。

「宜芳姐，妳好。」微咧唇齒的露出甜美笑顏：「我是童艾華，請多指教。」

「歡迎。」宜芳抿嘴一笑，輕擺右手的招呼著。

「這是千蕙。」雷宇鳴側身，同時也撩動了艾華的香肩，露出有些泛黃的牙齒笑道：「她是本店的招牌殺手。」話落，微抬下顎的向千蕙擠了眼。

「我是童艾華，從澎湖來的，請多指教。」艾華用同樣的方式，作出最和悅的示意。

「歡迎妳的加入。」千蕙白了雷宇鳴一眼，嗲聲的挋近童艾華身側，親暱的包覆著她的雙手。

雷宇鳴交待了洪千蕙及葉宜芳後，回過頭來叮嚀艾華，一切由兩位姐姐指派分工，自己則洋洋灑灑的叨著菸，竟往門外離去。今天是因為艾華要來，否則平時他才懶得九點鐘就起來和太陽打招呼。

得了宜芳、千蕙的友善示意，且目送雷宇鳴的拂袖而去，艾華這時才稍稍放下一顆忐忑不安的心。

洪千蕙對遠去的雷宇鳴撇撇嘴、聳聳肩，馬上換成她一派青春盪漾的美豔明眸。也因為如此擁有一張扣人心弦的絕色臉孔，難怪方圓百里內的上自官宦，下至販夫走卒，個個迷意薰心，意亂情招，所以有「夜街殺手」雅號。

童艾琳叩了手機給艾華，得知她立即上班，馬上迅速離開現場。因為有些感傷，有點落寞，倘若不是一向海派個性慣了，不嘔死才怪哉。

冷飲店的百種口味在大都會區裡並不特別，但「悅心賞夜」卻有一道十七、八歲小女生指定品嚐的「蜜汁檸露」。它的傾心蜜腹絕招在於甜甘的蜂蜜花粉裡加入檸檬及蘆薈現榨，喝了除了可以雪亮冰心之外，重要的是有美顏效果。不單是高中、大專少女們的偏好，ＰＵＢ店、ＫＴＶ場所的小姐們，也佔有高比率的人氣指數。

艾華從收餐桌，招待的侍者開始，一面加強收拾的敏銳功夫，另一方面培養對她說起來並不太難的迎客撇步。抹著桌子，心裡頭尚有一事未解，二姐不是說店裡有老闆娘的妹妹嗎！怎不見她來上班呢？

「千蕙姐。」終究按捺不住疑惑：「店裡只有我們三人嗎？」她試探著。

「還有一位二老闆娘。」千蕙輕言細語的回覆，臉上總是堆滿那讓人傾城廢國的深眸笑靨：「她是老闆娘的妹妹，等一下就來。」

時間在摸索中最快流逝，悄悄的逼近晌午。千蕙貼心的叫了一份「粉絲扣肉」給艾華，三個人在似情深又言淺的交談之中用過午餐。她們沒有太多時間偷閒，等會兒二老闆娘就會到來，再加上正逢對街巷口內「盈溢貿易公司」的用餐時段，三十幾位的女員工，每天至少有一半人員會來叫一杯「蜜汁檸露」外，順便略作午休場所。

鐘響叩下十二點整，店外真如蜂擁般的沸騰，環肥燕瘦、千嬌百媚、嗲腔作勢……，二十幾個女生魚貫式進入，艾華抬頭一見，「哇！」嚇死了，這一群人進來怎麼應付得來。亂了方寸的傻愣愣杵在定點，手上的抹布捏得吱吱作響，四噸半的超強中央空調冷氣抵不過溫熱紅頰。還好有高手出招，宜芳和千蕙早已將櫃台內的蜜汁檸露分桌擺上。

「鳳伶姐。」千蕙對著和自己擦身而過卻還沒有找到位子的盈溢公司女秘書說：「櫃台旁，這邊請坐。」她雙手捧著高腳冷飲杯，用嘴嘟著方向，示意鳳伶坐下。

「千蕙，怎不見月色呢？！」鳳伶找著自己的座位，右手順了裙擺入定。

「月色姐還沒來。」宜芳在櫃台內抬頭招呼：「凌秘書，一樣嗎！」

「好呀。」凌鳳伶，一個四十歲左右的標緻女人。

「艾華。」宜芳揚手叫住：「八桌，蜜汁檸露。」

「好。」手腳有些笨拙的她：「小姐請用。」還半摸索的尋找八桌位置。

「妳是新來的。」鳳伶抬起柳眉的端詳艾華。

「是的。」她娓娓道著：「今天剛上班。」

下午三點鐘，悅心賞夜的二老闆娘鄢月色步入店內。鳳眼柳眉加上俏挺的鼻樑，着上一套淺綠的絲紗，一百六十五公分的身材配上同系列的絨綠色高跟鞋，更顯現出飄飄風騷。

「夠ㄅㄧㄤˋ吧！」一入店內便揚眉搔首弄姿的招呼，雙手不停撥弄她剛捲燙的金色長髮。

洪千蕙和葉宜芳齊聲讚道，一旁的艾華也以小媳婦見公婆的膽怯，點了頭。

「老闆娘好。」用微抖的聲調向月色問候。

「叫我月色姐就好。」鄢月色回了話，口中喃喃輕哼著江蕙的「夢中的情話。」

不難相處的鄢月色育有兩女，她不理公婆的男丁傳宗接代期許，更不甩先生的再來一個要求；反正結婚前已經說好，不管男女只要兩胎便罷，誰叫她老公運氣不好，偏偏兩個都是千金。

「妳是童艾琳的妹妹。」月色照著牆上的玻璃鏡框撩撥髮梢，舞動裙擺。

「是。」睜大眼睛的瞅視月色，用一種等待被下達命令而去出戰的心情候著。

「別緊張。」月色對她咧嘴一笑：「放輕鬆，又不是在兵營，幹嘛緊張兮兮。」

「唉！」說到兵營，鄒月色眺眺眉道：「千蕙，那個大頭兵前天賒帳的錢還了沒？」

「沒有耶。」千蕙在櫃台內削鳳梨：「這兩天都沒看見呢。」

「聽說他和香珍最近鬧彆扭。」宜芳從化粧室裡步出，還邊走邊甩著溼漉漉的手。

站在櫃台千蕙旁的艾華一聽到香珍，心中一懾，「疑？」這個名字好熟，是不是二姐她們鞋店的譚香珍啊。

「千蕙姐，妳們說的香珍是不是斜對面『巧巧』鞋店的譚香珍。」有些訝異的言道。

「是啊。」千蕙撇過臉，對著疑惑的艾華：「妳也認識她。」

「不認識，只是聽我二姐談起，她……。」她怕說錯話，趕忙又止了到唇邊的話語。

「怎樣。」照著鏡子的月色回過頭來：「她怎樣！」驚奇的有股打破沙鍋問到底意味。

「我二姐為了她，賭氣的辭了工作。」

「嗯！」月色食指嘟著下唇，另一手環腰撫住，若有感觸的：「對，聽說過。」

「這個死大頭兵就是會哄、會騙，香珍不管家裡反對，執意和他同居，這一、兩年來所賺的錢全部都給他花光了。」宜芳有些憤憤不平的說。

「倒楣哦。」月色替香珍感到婉惜。

對香珍的不捨，才想到自已真慶幸。不知道是老公乖呢，還是自己有一套馴夫計畫，不然姐姐怎會重金禮聘她來栓住這頭四十五歲還到處拈花惹草的雷宇鳴，想到此，嫣然露出一股得意的盈笑。

『歡迎光臨』自動門的招呼器響了，同時也拉回四人的同情棧道。

說人人到，說鬼鬼來了。

進門的是幾個穿著草綠色制服的阿兵哥，走在最前頭又嚼著滿口檳榔，年紀比後進幾個稍大些，他，就是俞正浩。

「帥哥，今天喝什麼呀？！」月色放緩腳步，和悅的靠近剛坐下位子的幾個年輕阿兵哥，本想開口直問俞正浩這個賒了帳還沒還的傢伙，話至唇邊又止。

「各位用點什麼？！」艾華嬌怯的低俯頭額，伸手將點心簿遞上。

「嘿！嘿！新來的哦。」俞正浩嚼著檳榔，略抬唇顎的打量艾華：「小姐叫什麼名字。」

艾華並沒有回答他的問題，輕咬著下唇心想，我為什麼要告訴你名字，這不包括吃東西喝飲料的附帶條件吧。我就是不說，我看到你就討厭，心裡一直磨蹭著這個好噁心的大頭兵。

「四杯剛果冰咖啡，一杯可爾必斯。」經過一陣躊躇，其中有一位阿兵哥化了僵局。

「喂，大哥，這個正點哦！」待艾華離開，一個叫杜宇軒的年輕阿兵哥雀悅言道。

站在櫃台旁，艾華用一種平淡的眼光掃視這四、五個讓人看起來有些噁心的傢伙。其實並不是全部都如此，只有那個叫俞正浩的老兵，瞧他血盆大口的啃噬檳榔，如同一隻獅子的猙獰吼口，才真叫人有股作嘔的厭惡。

工作佔有全部的時間，艾華兢兢業業的把小妹角色扮演成功，這是入社會的初體驗，薪資多寡並未困擾她的生活品質，反正下班後就已累的人仰馬翻了，根本對「玩」尚無所盼。澎湖媽媽一直掛心她的工作時間過長，艾華卻甘之如飴，心想我已獨立，妳們就別把我當作小孩了。

秋天的南台灣並未寒涼，這天艾華提早出門。她想先坐車到圓環逛逛，或許可以品嚐一些不一樣的可口早點，然後添些小飾品，除了自己的配掛之外，更可寄給蜜月島的么妹。

固然都市的晨曦比不上海島那般溫潤、親切。艾華悠悠的踩著行人步道上的塊磚，她不急於上班的壓力和時間束縛。今天特地上了粧，搭上一件碎花格襯衫及駱駝色的兩片窄裙，本已姣好的臉龐更顯現出有股清麗脫俗的氣質；亮麗烏黑的長髮披散在臉側，隨著初吐陽光的晨風吹拂，她已是亭亭玉立的端莊大美人。

吃過早餐。買了束髮夾及水晶耳飾，這是「五隻」嚷著要的，一個國中三年級的少不更事小女生。「唉！」憶起在蜜月島時，姐妹倆總是搶著看電視，分食最好的水果；冬天的寒夜裡，為了多蓋一點棉被，從床上廝殺至床下、客廳。

回味的勾動，艾華臉上漾起笑容。

「童艾華。」

驚愕的回眸，驀然聽見有人叫住自己的名字。將目光挪移至聲音的方向，是誰在勾勒她的心鎖。

幽然一笑，大概是思鄉的幻覺吧！耳腮泛起映紅，一陣溫熱湧上心頭，感情甚篤的她，又有眼眶溫潤的象徵，她，趕緊將頭上揚。

「童小姐。」路旁的停車格上，有人搖下車窗叫住。

「你好。」鑲住淚痕的亮眸眼珠，倏地睜得又圓又大，腦子以最敏捷的速度過濾所有朋友，「對了，阿兵哥嘛。」和那個討人厭的俞正浩常混在一起的菜鳥——杜宇軒。

「你好。」再次的禮貌性回應。

「妳要去那裡。」他下車靠近艾華，臉頰通紅。
「沒……有。」訝異的有些言拙。
「今天不用上班嗎？」杜宇軒靦腆的搓著手，兩眼不敢正視她。
「要。時間還早呀！」沉吟一下，輕柔回覆他的詢問，同時用眼尾瞄了他。
「我載妳一程。」殷切盼望她的允諾。
「謝謝，我還有事。」嬌腆的回絕轉移：「你在等人啊！」
「我姐嘍。」聳聳肩：「她拿東西給客戶。」一副好像被迫的無奈態示。
「……。」沒人接話。其實也不知要說些什麼，只好兩人靜靜的杵著。
「宇軒。」一聲清澈悅耳的蟬鳴從巷口發出，是位美麗端淑的女子喚著：「你女朋友哦！」看見艾華正和弟弟近距離的晤談。
呈現眼前的是一張清麗出塵臉孔，瞧她走路的台風自信自若；甜美無瑕嗓音及親暱魅力，遠遠勝過時尚最紅的國際名媛。
艾華打從心底讚賞這妮人，眼前這位落落大方且只大自己沒幾歲的姐姐，可謂不食人間煙火的聖女。
「妳好。」她輕點了頭。

「姐，她叫童艾華。」杜宇軒摸摸後腦勺，趕忙為姐姐介紹：「從澎湖來的。」非常感謝大姐出現，正好可化解了彼此僵局。

「妳好。」杜宇軒姐姐熟絡的輕呼：「童小姐去哪裡，一起走。」倩然一笑。

「不用，謝謝，我只是隨意逛逛而已。」她並不討厭他們，甚至還有些喜歡他姐，只是初見面，有些尷尬。

「沒關係。」扶了她手：「我叫杜心如。」還是輕盈的甜美嗓音。

艾華有些招架不住他們姐弟的盛情，杜宇軒小心翼翼的開了車門，杜心如和她側身坐入後座廂內。

「妳吃過早餐嗎？」車子一啟動離開，杜心如馬上溫柔的呵著。

「剛用過。」她有些不安，腮際迅速泛起紅暈。

「童小姐在哪裡工作？」杜心如貼心的去撥弄她被風吹散落在兩肩的髮絲。

「姐，艾華在新興街『悅心賞夜』冷飲店上班。」杜宇軒搶著回答。

「喔！不錯呀。」微挑明眸的點了頭：「我在漢神百貨公司的『雅思藍黛』專櫃上班，歡迎妳來找我。」從皮包裡拿出名片，輕輕的交到艾華手上。

「好。」艾華整裡了滿腦的思維，不知是羨慕她的高貴工作，還是歧視自己低微。

這麼漂亮的女生是該有高級工作搭配，才不失上帝賦予的恩典。有了一次近距離接觸，加上杜宇軒姐姐親暱友善呵護，對大頭兵釋出不排斥的好感。工作歷練及商圈飆動指標，在短短的幾個月中，她已由一隻烏鴉蛻變成鳳凰的雛形。原有的一股清純仍在，但她開始懂得施粧著服，將自己打扮得風姿綽約卻不失青春活潑朝氣。

杜宇軒一放假就到「悅心賞夜」報到，二老板鄒月色本是不太理會，但在一次杜宇軒帶了姐姐來探班，閒聊當中，千蕙、宜芳討教化粧保養祕訣之後，大家便因愛美而成了好朋友。鄒月色往後對杜宇軒是眉開眼笑、親切有加，因為他每次來的時候總要向姐姐索討一些新資訊、打折券及試用包。

「艾華。」杜宇軒在樓下撥手機：「我在妳家樓下。」高興今天能和艾華及她的二位姐姐一同出遊，如果通過這關，那追艾華可就輕鬆多了。

「好了，好了。」電話這頭是艾華的聲音，她有點兒緊張，又有些欣喜。

「大隻、二隻好了沒？」急促的敲了姐姐房門。

艾君及艾琳分別開了房門。瞧艾君一襲深綠底的圓點襯衫配白色窄裙，披肩俏髮就自然掩耳下垂，腳底穿了一雙ADIDAS休閒涼鞋。艾琳就簡單多了，一切照舊樣式，牛仔褲加T恤，不施脂粉，搭肩的頭髮只用髮夾束在背後。姐妹三人好不容易的硬排上同一天休假，也算正式和杜宇軒見面。

路上他不太敢用正式眼光和艾君、艾琳交談，反而是艾琳主動的尋找話題來打破車內緘默。

「菜鳥。」艾琳在後座出聲：「你想泡我老四呀！」拍了正在開車的杜宇軒肩膀。

「是的。」他從後視鏡的反射中，漲紅腮頰的回答艾琳的直問：「我姐姐說，艾華是個好女孩。」有些笨拙回覆，讓艾琳抓到語病。

駕駛座旁的艾華瞅著眼，咧咧唇瓣看著憨憨實實的愣小子，有點帥，有些稚趣。

「唉！」艾琳提高聲腔言道：「菜鳥，是你與我妹妹拍拖，還是你姐姐呀！」話落，用手捏著坐在身旁的艾君，示意要好好調侃這個大頭兵。

瞧他支支吾吾的不知所措，雙手緊握住方向盤不停的抖動，還別過臉看艾華，用一種祈求眼光候盼，想她應該會出言救他一命吧。

艾華用手去撩弄披肩長髮來掩飾羞紅粉嫩蛋頰，現在如果出言替杜宇軒解圍，必遭二姐一頓尖酸火辣的韃伐，反而會讓自己無以遁形。

杜宇軒看她低頭嬌嗔的撩摺裙角，知道這趟在嚴刑烤打的逼供下，篤定死得很難看。

「喔！菜鳥。」艾琳瞧出他的窘態，強忍住快噗哧的笑聲：「你還沒解釋是你要我妹妹，還是你姐姐。」別過臉和艾君抿抿嘴。

「是我喜歡艾華。」終究抵不住艾琳這種開膛破肚的審問，深吸了一口氣，用略帶口吃的語調應了心裡頭深藏好久而遲遲難以啟齒的表白。雖然有些唐突及不安，且在圍剿中坦言，是有點不夠浪漫，卻總算能夠全盤托出滯留在嘴邊又拗不下去的苦楚，免去之前憋在肚子裡打轉，而在每次送她回家後的返程中，才又自己猛打方向盤，「哎！」捶胸頓足的仰天長嘯。

「我妹妹還太小，別動歪腦筋。」艾琳又接下一招了：「你還在當兵耶，況且國家需要你們保護，這麼早就想兒女情長，不會太那個嗎？！」

完了，經艾琳狠毒的攻防戰術，菜鳥可完全無招架之力，瞧他蛇行的開車技術，就知道心有戚戚，一陣翻絞。

窗外有蔚藍的天空及碧綠山坡草原，忽遠似近的山巒疊疊相襯，讓人有種賞心悅目的愜意快感。他壓根兒無心閱覽，只是一再咀嚼童艾琳的話注。她的言之有理啊！自己只不過是個二十出頭小伙子而已，距離退伍還有一年多，等到退伍後又能怎樣呢。

捱了一記悶棍之後，是有生以來最深的打擊，自出生到現在雖然不曾享受什麼王公貴族待遇，但仗著是家裡「香火」，還是爸、媽自幼呵護至極的小王子。

車子經過里港的「斜張橋」，因為是白天，所以並沒有減緩車速觀看的意思，加上杜宇軒滿腦遲緩神經發作，一路失神呆滯無助的緊皺眉頭，童家二小姐也就不再一路追殺。

大姐嗅出了空氣中緊繃氣氛，打住了艾琳話語。

「宇軒。」大姐劃破僵侷的窘態：「我們到美濃『茬蔂溪』看瀑布，順路吃一下客家人最拿手的『板條』。」

「好啊。」艾華嗲聲附和，用眼角瞄了菜鳥一眼。待他回顏瞅她時卻又故意將臉撇向窗外，佯裝欣賞風景模樣。

經過大姐解圍，一顆沉甸甸的心總算才由谷底再爬升上來。

艾琳發現剛才自己太狠毒了，一個涉世未深的青澀小子，當然抵擋不住她叱吒風雲的「快招童二少」。

「哈哈……。」湊近他的椅背：「哼，你怎麼這樣不堪一擊，跟你鬧著玩，別怕。」

總算撥雲見日了，車內瞬間又恢復談笑風生，杜宇軒猛踩腳上踏板，時速過百的向前衝，那張嘟噥的「酸梅嘴」，才稍獲紓解。

艾君咧咧唇角，菜鳥就是菜鳥。

通過了不算犀利的考驗，杜宇軒正式領了一張可自由進出童家三姐妹寓所的通行證，雖然可以贏得兩位大姐首肯，但仍須約法三章。第一：不能在退伍之前就發生性關係；第二：不可單獨在外過夜；第三：不可干涉對方行為自由及異性朋友交往。

有了一劑強心針，杜宇軒安心多了，對於信條上的承諾並無異議，雖然強烈的愛著艾華，但自始至終就未有侵犯的淫念，最擔憂的可是第三條法章，不能限制她和異性朋友交往，這可事情大條哩。除了每天加緊電話攻勢外，放假日就將全部時間撥給艾華，更勝一籌的是到「悅心賞夜」店裡當小弟。遇用餐時間，便對月色、宜芳、千蕙逐一詢問，然後飛快的衝個三街四巷，買齊月色姐的粉絲羹，宜芳、千蕙的魚排麵和三鮮麵，看在眼裡的艾華總是抹著一絲言笑，好可愛的菜鳥兵。

「艾華。」下班途中，他有些不自主探詢：「我爸媽歡迎妳到家裡玩。」雖然交往已有一段時間，每次談到敏感話題時，總是難掩臉紅脖子粗。

「不要。」挑挑眉，微微的張開唇瓣：「我才不要像越南新娘一樣，乖乖的雙手按膝平放，嘴巴不能開的太大，甚至還要站起來轉一圈，看看屁股是否又圓又大，保證生男孩。」艾華的話像串珠掉落地一般的稀里嘩啦，一股腦兒的回彈過去，讓他連接招機會都沒有。

「都是我姐啦！」將罪魁禍首移到杜心如身上：「她向我媽說妳長得很甜，又乖巧，又……。」

「好了。」打斷他的讚揚話柄：「少貧嘴，你用這種爛招想讓我心動呀！門都沒有。」話畢。輕輕的咬著唇沿，雙手摀住耳朵，假裝不去聽他解釋。

「是真的啊。」緊鎖濃眉的瞅著：「真是我姐在我媽面前提起妳的呀，不信我撥手機給她。」打起靠右邊方向燈，真要向杜心如求證。

「好唄。」翹翹唇的瞪了一眼：「下次休假。」很快的又補充另一句：「如果你不巧沒放假，那可別怪我哦！」揚起眉，有種幸災樂禍的快意，真希望自己的休假日，正好部隊有任務禁假，那菜鳥就沒輒了，而她卻也可逃過一劫。

「耶。」欣喜若狂的拍拍方向盤：「阿彌陀佛，謝天謝地，謝謝童四小姐賞光，小弟在此有禮了。」將握在方向盤上的雙手高舉，一副樂不思蜀的樣子，眼中更燃燒著千萬顆夢幻的心。

「喂，小心開車，ＯＫ？！」撇撇嘴，故作生氣模樣。

「遵命。」收起得意忘形舉動，將原本扶按在變速桿上的右手移握著她。她想抽回，但杜宇軒發自心底強烈意識的緊緊包握著，讓她無法掙脫，羞澀的酡紅粉頰更增一份嫵媚。

老規矩，艾華在大樓門口下車。他興奮的有些不肯離去，今天高雄市的人氣指標就屬他最幸運了。看她緩步經過大樓管制門，在中庭花園的行道步磚上，一盞淡黃色路燈盈盈發出銀光，照亮了一位童話故事裡的白雪公主。如果她真是白雪公主，我倒願意是小矮人，一生守候在她身邊。

回眸一笑，別過頭的揮揮手，嫣然消失在他的眺望視線中。

他，抱著一顆醉臥沙場的豪情，深深咧嘴一笑，成功了，我終於攫獲了她的心，高興的雙腳一蹬，右手向天空揮出一拳，「哦，耶！」

日子跟時間賽跑，童艾華除了正常休假外，另外再請了一天，接受承諾和杜宇軒一起回家。而這古靈精怪的菜鳥不知有何通天本領，竟然一放就是五天長假，他興高采烈的恭迎仙女到家。

住在高雄市外的大寮鄉下，一戶佔地約有五十坪左右的兩層半舊式樓房，樓下是小型工廠，廠內擺著幾台打磨版機，「咔嚓，咔嚓。」的上下震盪，它的聲音大到兩人面對面仍無法清楚知悉對方語意。

她一到，杜宇軒的媽媽已在門口相迎。瞧她套著一件淡粉紫的洋裝，樣式雖然簡單卻不失高雅，纖細腰身表露的一覽無遺，過肩長髮束在背後，髮上襯著飾夾，更顯現出一股雍容卻不華麗的氣質。「漂亮，真的很漂亮。」艾華心裡喚著，真不知道該用什麼形容詞來描繪這位風姿綽約的女人，難怪她女兒也那麼標緻典雅的與眾不同。

她們上了樓，用過杜媽媽略施手藝的午餐。杜爸爸不善言詞的晤談幾句，又下樓繼續工作。杜媽媽殷切的將水果盤遞在跟前，輕聲呵著艾華儘量取用。

挪挪身子的瞄了杜宇軒一眼，瞧他硬生生的回瞪一下眼角，一動也不動的坐在她身旁，連一句話也沒說。艾華心裡泛嘀咕著，你這個臭小子總該講講話吧，這個局也得你來解呀！今天你可是主人耶，是你把我千祈求萬拜託捧來的，你卻傻愣愣的瞪我幹嘛！

「唉。」真是一隻呆頭鵝。

「童小姐。」僵局在杜媽媽眼裡看出：「聽宇軒說妳住在澎湖小島。」溫和儒雅的嗓音輕言。

「是的。」微顫的點點頭。

「爸爸、媽媽還在澎湖嗎？」笑容和煦的語言讓人感覺沒有距離。

「是啊！除了爸媽在澎湖外，還有一個最小妹妹在讀國中。」她知道這種身家調查的對話，乾脆全部招供好了：「我們有五個姐妹，我和大姐、二姐在高雄工作，三姐自幼便過繼給親戚，爸爸在抓魚。」一口氣將全家大小都交代明白，免得細部分解。

「喔。」她點了頭：「澎湖風景很棒，有跨海大橋，鯨魚洞……。」盈盈笑聲，佈滿整個腮際。

「是。」完了。艾華知道她的語意，這是一個詭計圈套，擺明叫我帶你們去澎湖嘛：「還有七美鄉的雙心石滬及最出名的黑糖糕，改天歡迎杜媽媽和杜爸爸到澎湖一遊。」憋氣的擠出一抹笑顏。

你們那一套五十年代的舊招式，目的是什麼，難道我不知道。去了澎湖又順路到我家，然後和爸媽套套交情，我不就死在妳們四個ＬＫＫ老頭子手上。

「童小姐。」輕言道。

「杜媽媽，叫我艾華就好。」驚愕的回神過來，有些不好意思的低著頭。

「好。」比了手，示意宇軒坐到旁邊椅子，自己則靠近艾華身側坐下：「妳現在工作好嗎?！」貼切的輕撫她手。

「很好啊！」輕輕的點了頭。

「繼續做下去呢?！」凝眸的瞅視：「還是想換其它工作。」不疾不徐的詢問。

「暫時可以，慢慢再找合適工作。」妳問啊！她暗自思量的瞅著，看看妳到底要怎樣。我又不是妳家媳婦，將來也不一定要嫁給妳兒子，怎麼一進門就猛盯我看，「喂。」妳們要看猴子就到木柵動物園，可別將我列入園區明星。

這種被審判的酷刑可受不了，她尋找機會向杜宇軒拋出求救訊號。可惜這頭比呆頭鵝更呆的小子竟然無動於衷，傻呼呼的玩弄手上腕錶，根本沒有注意到艾華有些坐立不安的苦楚。

薑還是老的辣，杜媽媽查覺出她好像有意離開，馬上起身至電視機旁的酒櫃，將事先備妥的小禮物遞了過來。

「艾華。」拉著手：「初次見面，一點紀念品送給妳。」

輕柔微眺雙眉的附著她手，一道從內心深層盈溢出的和悅笑顏，讓艾華想抽回雙手的勇氣都沒有。

「謝謝杜媽媽。」泛紅的腮際更加酡紅，這下慘了，收了禮物可要當人家媳婦囉。她有些為難，有點茫然：「我來打擾很久了，應該回家了。」真的想閃人。

「好，好。」綻放出一股柔和溫馨：「歡迎下次再來玩。」

「艾華，妳要回去了。」置身事外的火星人終於知道地球發生什麼事：「我送妳。」驅前去觸握她的玉手，繞過沙發椅下樓。

「杜媽媽再見。」下樓梯的轉角，她回眸一笑。

第四章

「艾華。」

杜宇軒一下車就衝進悅心賞夜，手上捧著一束香百合來向她報告最新消息。櫃台內的千蕙正巧端著蜜汁檸露步出，經菜鳥無厘頭一撞，兩人全身被濺的溼漉漉。

糟了！一瞬間整個店內地上全是水滴滴的蜜汁，還差點波及品茗客人。杜宇軒趕緊煞住腳步連聲抱歉，眼睛卻東張西望的探尋艾華，似乎這並沒有影響找她的重要目的。

千蕙蹙了一下眉，嘟噥翹唇，趕緊取來抹布迅速的將地上水漬拭乾，重新為客人再遞上一杯蜜汁檸露。她知道這個已經無藥可救的澀小子，只要放假日不見艾華就會崩潰，所以她們店裡特允許他「免打卡」的隨時報到，但附記中另加一條明文，從實報告戀愛情史，否則不可任意在店內和小姐搭訕。

「千蕙。」心臟還咚咚的鼓盪。：「艾華呢！」一張佈滿汗水的紅通通臉龐，仍繼續眼觀四方的搜尋，他要向皇后稟報喜訊。

「不……知……道……。」千蕙一個字一個字的說，言語中的調侃氣勢吊足胃口。

「別這樣啦！」有點撒嬌的語氣中帶些懇求，就連鄰桌客人都噗哧一笑。

「在化妝室。」撇過頭和熟絡客人寒喧。

捱到櫃台旁，左手擱去血脈賁張的額頭汗珠，右手仍緊緊握住那束香百合，這是剛剛在鳳山高架橋下花市買的，還特別叫老闆娘按株排列成一個心型，代表著永恆的「愛你不渝」。

他小心翼翼的服侍那束香百合，還好方才一撞並未打散它的態式，點點頭的對著花束感謝。

由化妝室緩緩步出的艾華，低頭去拍拍有些皺折的裙角，臉上掛著憂憂愁絲，雙頰泛起紅映。她並未發現宇軒正呆愣愣的杵在眼前凝視，只是勉強硬撐著上班該有的一抹笑靨。

「艾華。」輕喚了他的白雪公主。

「你怎麼又放假了。」掩住不安情愫，有些驚悚的微愣：「你回家了沒有。」棘棘的問道。

「還沒有……。」收住笑容，像做錯事的小孩準備讓媽媽責罰：「一放假就跑到公司向姐姐借車。」他努力辯解自己是如何思念她，離不開她。

「喂。」咬咬唇：「我不是告訴過你嗎，放假一定要先回家向杜媽媽報到。」澀澀的嘟起嘴唇，真有點兒生氣。

「好啦，別生氣。」用一種祈求眼光扣住滿臉無辜，靜靜等候她再下另一道旨令。

「看看你，連軍服都沒換。」靠攏他的身旁，右手替他撥開衣領。

雖然這是一個極小動作卻充填了一顆稚嫩、唯真的心，他不管周遭陌生客人正虎視眈眈著，眼神聚集盯住她的眉心，側近臉在她耳旁低語。

「夠了吧。」艾華別過臉，後退一步的瞪著：「你在演限制級愛情文藝片呀。」意識到店內所有的客人通通停住動作，有人側眼附耳聆聽，有些乾脆將椅子搬轉，雙手托住下顎，目不暇給的正襟危坐候著。這可嚇著本就染滿紅腮的雙頰，又添兩朵映雲。

「香百合送給妳。」經過一串不必要的插曲，現在才回到主題，迅速將手中緊握花束遞上前去。他不敢回頭，因為清楚所有客人還沒準備散場，只好上緊發條的續演下去。

「……。」艾華接過百合，扳起嚴肅臉孔：「你到底有完沒完，你饒了我吧！」肚子突然一陣劇痛，額上髮梢滲出點點汗顏。

怕了，這下足夠讓他捏把冷汗，算準今天氣氛和態勢鐵定可攻下這座城壘，怎奈城堡內的主帥突然喊停，掛出免戰牌。他木訥的不知所云，一副蓄勢待發的精武神情彷彿被滂沱大雨澆淋的渾身溼透，傷痕累累。心底泛起一股五味雜陳的酸楚，兩道分明眉宇瞬間暗垂下來，一口微揚整齊的唇齒好像含著一顆滷蛋，嚥也不是，吐也不行。

看戲人一頭霧水，個個面面相覷，就連原本不相識的客人也咧咧嘴互通訊息，結局怎麼變成這樣呢？難道女主角尚有舊愛，還是另結新歡。彼此之間用一種懷疑眼光揣測，為了不讓男主角難以下台，大夥聳聳肩，各自回歸本位，或許他們正在忖量這個女主角太狠心了吧。

「回去啦。」加重聲調而有些不耐煩的口吻：「別煩我。」

「下班可以來接妳嗎？」一臉無辜的候著，一顆熾熱燃燒的心，差點掉進冰窟。

「隨便。」淡淡的說。轉身又向化妝間進入，現場留下一陣錯愕的無奈，如同被賞了一記巴掌，臉色一下慘白。

悻悻然的收起落寞神傷情感，有如一隻鬥敗公雞一般，垂頭喪氣的離開悅心賞夜。回程路上一再思索什麼原因，為何短短一星期不見，她總不可能有了新的追求者而拋棄他。何況以他這種呵護有加的柔情攻勢，不致這麼快就移情別戀吧。「唉！」難道這招已經不合時宜，現在大家都在找尋刺激、快感。「不，不。」她不是擅於玩弄頂尖時尚的年輕靚女。昨天電話中還甜言蜜語，怎麼可能今天就酸化了。「喔，喔。」我知道了，一定是我事先沒有向她告知，然後莽莽撞撞的就獻花給她，店裡那麼多客人正在取笑著，為免過於尷尬，所以才扳起臉孔，這並不是在討厭我，疏離我……。

從內心砰出連鎖效應，自嘆自艾的療傷自己、安慰自己。她是一個清純如雪蓮般的冰潔聖女，是天上雲遊女仙乍見凡間繁華景致而一時忘了回天時間，正巧和他相遇，然後相知相惜共譜愛的真諦，這是一段至死不渝的扣人心弦情懷。

沒有回家，車子在高雄市區道路上奔馳，肚子餓的嘰嘰咕咕也不肯停下用餐，滿腦子錯愕幻覺攪亂愁腸，一顆撕裂壓碎的心懸浮在激盪空氣中，讓他苦不堪言。路況不暢的穿梭在大街小巷，加上紅燈阻撓，開始有了一些暴燥浮動，抬頭挑了眼前便利商店。

搜刮了滿車廂的零嘴加兩瓶鋁罐「台灣啤酒」，車子鑽出高雄過港隧道，找到一處較亮的海濱公園落腳，雖然這裡還算高雄轄區，至少離繁雜塵囂遠一點。隨意撲坐草地，身子半斜躺在椰子樹幹上，兩瓶因失落感浮上心頭臨時買來的啤酒擱在身旁。他不勝飲酒更談不上酒矸國一族，自然兩瓶冰涼啤酒一直擱到退冰還未打開。

閉目深鎖著垂氣雙眸，下唇微凸外翻翹楚，樣子就像被打而哭過的小孩一般，等待媽媽呵護、愛撫。

「咚。」紮實的一記迎面撞擊，重重酸麻耳腮，是誰在最脆弱時刻還捉弄他、愚弄他。

「叔叔，對不起。」一句清脆悅耳如蜂嘶的聲調灌入中樞。

抬了頭看看距離自己兩公尺遠一個年紀大約八、九歲左右小女孩。一雙雪亮明眸眼神加上活潑可愛稚秀瓜子臉。「嘿。」這麼眉清目秀小女生，將來不也會變成一個大美人嗎？而這又不知道害誰為她情痴。

「這球是妳打的嗎？」拾起擊重耳際的軟式棒球，瞇住眼等著她的答覆。

「是弟弟。」怯懼的低看地上，雙手緊緊擰住裙擺，一副可愛動人俏模樣。

「弟弟呢！」責問道。

「他不敢過來。」把頭壓得更低，靜肅等待被罰舉止。

「叫他過來。」站了起來，順手將球握在手中。

「余書帆，叔叔叫你。」回過身對著躲在幾公尺遠的花圃後面男孩大喊。

暗處花圃後方顯現出一條人影，一個看不太清楚的小男生影像正步履蹣跚向這邊移近，在距離兩公尺遠處又畏怯的停下腳步。

「你叫余書帆。」跨前一步，仔細的端詳著。

「……。」小男生怯生生的杵著。

「球是你丟的。」

「是。」眼眶泛起濛濛淚痕，語調中已經有些哽咽和顫抖。

「怎麼不敢自己來撿呢。」再驅近一步，伸手摸摸他的頭額。瞧他短短的五分學生平頭正冒出斗大汗珠，不知是害怕還是砰砰跳跳激起的汗流浹背，他全身都溼淋淋的。

「……。」沒有出聲，直挺挺的接受審判。

「拿去吧！」將球攤在小男孩面前，壓低口吻訴道：「以後小心點。」

「謝謝叔叔。」接過球，深深鞠了躬，轉身飛快的如隻羚羊跳奔。

「等一下。」已進入車廂又將頭伸出車外，乏力的喊住小孩。本已離去的姐弟和四、五個同伴一聽叫聲，個個驚嚇的不敢移動腳步，甚至有人因害怕而蹲了下來，雙手緊抱著後腦勺。

「余書帆。」喚住那丟球小孩：「你們都過來。」帶有點命令的語氣。六、七個小朋友排成一列的挺立在車旁，沒人敢問為什麼，只是心想這個怪叔叔又要怎樣了。

「車子裡面有很多東西都給你們吃。」打開後座車廂：「統統搬去。」用手指著車內零食，示意全部都拿走。

「不行。」余書帆的姐姐開口：「我媽說，不可以拿陌生人的東西。」她用堅定語氣對著杜宇軒，兩顆水汪汪眼球發出一道明亮閃光。

「沒關係啦。」瞅了小女生一眼，看她聰明伶俐的樣子，真讓人疼愛：「不想吃的話，明天拿到學校分同學一起吃。」自己彎下腰，伸手將車內所有零嘴統統搬出，一一的分給他們，然後揮揮手便開車加速離去。

給小朋友一攪和，是醒了，肚子也餓了。車子折回剛剛路線，快速進入高雄市區，他真的需要吃點東西，肚子已經向他抗議了。

夜市人潮高漲不歇，時間爬過夜間十點鐘。遠遠仍能聽見賣衣服老闆，墊高腳板的大聲嘶喊——跳樓大減價，廠商倒閉了；中間行人步道區，歐巴桑烤小卷攤位正裊裊炊煙的火熱著。悅心賞夜店口仍站立一堆準備外帶的候客，他一直探頭尋找，奇怪，怎麼不見艾華蹤影。

好不容易苦思久候，悅心賞夜終於將店口招牌燈關熄，看見宜芳收了騎樓椅子準備打烊歇息，一個箭步驅前喊住。

「宜芳。」停下腳步，等待宜芳回身過來：「艾華呢！」聲音有些急促，有點兒荒蕪。

「五點多就下班了。」她繼續將椅子交疊的豎立起來，準備一次就將七、八張椅子一起搬回店內：「她人不舒服，請假回家了。」

「怎麼沒打電話給我呢！」濃眉深鎖的皺著：「每次都這樣。」抽出口袋手機，口中喃喃自語的怪著艾華沒有告訴他不舒服的消息。

招了手向宜芳道再見，手機附在耳旁的等待對方回應，是該臭罵一頓呢！還是安慰她。

「艾華。」沒等對方開口，他已迫不及待的先喊：「怎麼了，哪裡不舒服……。」

「沒什麼啦，休息一下就好。」淡淡的回覆：「你在哪裡。」聲調語氣中可知她真的有點微恙。

「去妳家途中。」雖然有些生氣，仍能體會出他的關愛心思：「需要買點吃的嗎？」先嚥了自己的情緒，和緩貼切的探詢。

「好呀！一份筒仔米糕。」一提到筒仔米糕，整個人馬上提起興奮期許。

「哎！」提高分貝的在手機這頭吶喊：「人不舒服還要吃糯米類東西，我不准。」

「好啦！」她溫馴的：「那……一碗肉羹麵好了。」

杜宇軒高興的在巷口買了肉羹麵，這是一家好熟悉的麵攤，平時和艾華也常常在這兒正餐兼宵夜。

聽到她柔順語調，才意識到今天所擔憂的事情全是庸人自擾，她根本沒有疏離他的意思，只是身體有些微恙而已，卻自己嚇自己的捶胸頓足，還差點誤會人家移情別戀。

「叮——咚——。」

艾華開了門，雖然臉上倦容不再掛滿腮，可是從腹部泛起陣陣隱痛仍讓她額上冒出斗大汗珠。迎了杜宇軒進來也順手將他手上肉羹接過，然後往廚房拿了一個大碗公裝上，又徐徐回到客廳坐下。

他有些落寞神傷，不知該從何說起，壓在腹腔內的幾許愁腸本是要破肚上表天地，但言語至唇又嚥了下去，因為他真的太愛她了。愛不只包容對方所有過錯，更可溶解千年冰窟雪山，他不想再為今日的冥想下一次定讞，這太辛苦了。

「艾華。」等她將肉羹麵放在桌几上：「哪兒不舒服，怎麼不告訴我呢。」還是那股憂憂怨怨的小丑臉。

「女人的病。」氣若游絲的低下頭，用筷子撥開塑膠袋內的麵團。

「什麼病？！」一頭霧水瞅著，將身子更靠近艾華坐旁，試著用手去摀她額頭，發現不對勁又趕快將手抽回。

「經痛。」

「很痛嗎？！」

他根本不懂女人什麼是經痛，只知道姐姐有時候也會如此，卻沒有像艾華這般愁雲慘霧的樣子。其實他的內心比她更痛，如果不是她的反常表現也不至於讓他漂泊街頭，還吃了那個叫余書帆姐弟一記球棒。

「你不是女人，所以無法體驗，於是不便告之。」揶揄的痴笑：「下次再痛的時候，希望能轉移到你身上，請你好好感受一下女人的苦喲。」

「好啊！我情願為妳承受所有痛楚。」舉起手，一副嚴肅不苟言笑模樣：「但願上蒼能了解我對妳的用心良苦。」

「少掰了。」臉上漾起絲絲紅映。

第五章

「童小姐妳好。」俞正浩禮貌性寒喧：「歡迎加入我們的行列，婜丁二日遊。」

「不客氣。」艾華微微淺笑。自從認識這個痞子以後，對他印象真的壞到極點，加上二姐為他負氣離職，若不是杜宇軒對她百般央求，今天絕對不可能和他同遊，更何況還要在外過夜。

俞正浩退伍了，前兩天才從小港機場旁的炮兵連脫下軍服正式離開軍營。或許他的離開會更好，免得在軍中常常以老大作風自居，強迫邀集幾個弟兄廝混，而杜宇軒也和他們儼然一夥。

他們臭屁相同乃歸咎於一次出公差，俞正浩耍大條的躺在樹蔭下納涼，而新兵入伍不久的杜宇軒卻被班長附加俞正浩那份工作量，瞧大夥已經差不多完成任務而躲到大樹下休息，獨留杜宇軒在艷陽下「汗流撥抹離，目眶漸漸紅。」

俞正浩被同袍談話聲吵醒，瞧著操場上的杜宇軒臉色紅通通，整件背心已經溼透的黏住背脊，一時義憤填膺的和班長大吵，最後兩人當場打了起來。

結果俞正浩被禁閉兩週，禁足一個月。經過這次仗義相助，從此杜宇軒對他感激涕零，而杜宇軒也因為有他罩著，日子當然好混多了。

今天是俞正浩退伍後第一次邀約，杜宇軒千呼萬盼遊說艾華同行。首先還得通過大姐、二姐點頭，因為約法章條第二條——不得在外過夜。

車內除了俞正浩及譚香珍外還有另一對新朋友，男的叫薛學宇，是同部隊弟兄，女的看來年紀相仿，二十出頭的年輕貌美女孩。彼此在見面後介紹，大家已經有些熟絡。

「童小姐，有來過墾丁嗎？」路上俞正浩殷切找尋話題和艾華聊天，眼睛不時快速攫掠。

「沒有。」簡短應付道。

「那今天可要好好玩個夠。」咧咧唇角：「宇軒你可要好好帶著童小姐。」側過頭向杜宇軒叮嚀。

「是的。」杜宇軒在後座應著。

「喂，浩哥。」開車的薛學宇道：「我們要上高架橋呢，還是走縱貫線？」

「呃。」俞正浩蹙了一下眉，右手摸摸鼻子：「走縱貫線，讓童小姐看看路旁風景。」他回眸的瞅了艾華一眼。

一開始還好，艾華不時將眼睛貼附在窗沿，仔細瀏覽塵囂外的另一塊淨地，它們都很美；雖然不及蜜月島的純真，卻有相同憐愛。它們沒有私心的敞開胸襟，款款深情的將你擁入懷抱。

可惜，蜿蜒山路和稍為崎嶇不平石板塊路，加上昨夜因為興奮而失眠，害她很快就暈車頭疼，腹中陣陣翻絞。閉上雙眼略作休息，也沒去驚動鄰座正在補眠的宇軒，或許他昨夜為了今日初次遠遊和自己一樣睡不好，所以並沒喚醒他。

……。

「到了。」薛學宇輕觸鄰座正在打呼的俞正浩：「浩哥，我們先到飯店嗎。」

「對呀，先休息一下。」俞正浩先開了車門下車，伸個懶腰：「宇軒你去櫃台拿鑰匙。」話落。趕快點上香菸，這一路為了保持形象他可忍了將近兩小時菸癮。

房間很快就分發就緒，俞正浩和譚香珍同房，杜宇軒和薛學宇共用一間比較靠步道區的獨立棟木屋，艾華自然和薛學宇女朋友林偉茜一起，她們是一間臨海灘的石板屋，房間內全是木造教廷格局，非常舒適典雅，讓人有種回歸到大自然懷抱的感覺。

艾華很滿意的忘卻剛剛顛簸的疲倦，一頭便埋入舒適的彈簧床上，「哦。」真的太美了。正在餘溫回嚐它的夢境，杜宇軒已在屋外嚷嚷，準備飽覽國家公園。

造訪了國家頂極公園，一切攤在眼前的美景都是絕佳視覺享受，她優雅輕撫的去掀開這一幕令人心曠神怡的森林面紗。用手輕觸著身旁百樣花束，瞧蝴蝶翩翩起舞的在她髮稍掠過，千百隻停佇在花叢嫩蕊上的，牠們近距離和妳打招呼，親吻妳的髮際、耳腮，然後鼓震翅膀的想告訴妳——「歡迎光臨」。

童艾華被眼前景觀迷亂的像一隻小白兔，瞧她腮頰泛起片片酡紅，髮際飄散出點點馨香，她努力追逐飛舞在眼前的蝴蝶姑娘，試著用手去親觸牠的翅膀。

「艾華。」杜宇軒捱近身子，試圖喚回她陶醉情懷：「艾……華……。」加重語氣低呼。

「哦。」回眸甜笑：「叫我嗎，別告訴我要回家。」話落。她又繼續追逐剛從胸前掠過的紫蝴蝶。

「……。」愣了。

「宇軒。」停下腳步，疑惑的挑了眉：「真要回飯店了。」有些不捨的嘟起唇瓣。

「晚了，吃飯時間到了。」握住她那汗珠淋漓的玉手：「大哥等著呢。」指指一旁正吸著菸，吐滿溫室菸圈的俞正浩。

收起小女孩嬌嗔面孔，接過宇軒殷勤遞上的紙巾拭拭額頭汗淋，依依不捨的再次回眸和蝴蝶們道別，下次我會再來看妳們。

一上車她又完蛋了，剛剛活蹦亂跳的小白兔這下變成了懶惰蟲，緊靠在椅子上一動也不動。宇軒知道她又暈車所以不敢驚擾，而車內嘻笑聲也因童艾華而緘默下來。

墾丁的夜，比白天更美。

他們在露天搭棚下用餐，這是渡假飯店的最新構思，客人可一邊吃飯一邊欣賞夜景，更可以自由在專屬棚架下起舞或者唱歌，有時Ｈｉｇｈ到最高點，連上衣都可以脫下來。

俞正浩盡情揮灑他的情慾，兩年兵役束縛已經解脫，今後沒有人可以阻撓他豪情奔放性格。要宿醉，他要完全拋開禁錮，好好乾了這一夜。譚香珍是一隻小綿羊，她沒有阻擋，不敢吭聲，全心全意配合俞正浩的喜怒起伏。

艾華勉強克服一日顛簸倦容，整個心情被現景氣氛浸染，跟著盡情嘶喊、談笑。二十歲生命起燃將從今夜的絲蛹蛻變成美麗花蝴蝶，她，醉了。

太陽又從東廂房升起。

今天他們要到八仙洞、三仙台，親臨沈文程編作——「來去台東」。杜宇軒昨夜只是輕嚐點酒，所以起了早床，然後一一叩門喚醒大家。

「正浩醉茫著。」香珍跑來告訴正在起動車子的薛學宇。

「宇軒，艾華也叫不起來耶。」偉茜一手擰著皮包，一手摀著嘴巴打哈欠。

杜宇軒揚起眉，沒有多說一句話就往艾華房間奔去，快速靠坐床沿。

「怎麼了。」憂憂皺起濃眉，有些不捨的去撫摸額頭。

「很累。」勉強撐開深鎖柔眸：「你們自己去就好了。」吃力的把話說完，又闔上略顯倦容雙眼。

「那怎麼行。」握緊有點冰冷小手：「我留下來陪妳。」叨著翹唇，整張臉孔糾結在一起的像個八十歲老太婆。

「不用啦。」微微噘著嘴：「我再睡一下就好，別讓大家等太久。」輕拍他手心，催促他快點離開。

「好吧。」出門前又回過頭再一次叮嚀：「有事叩我。」然後才掩房門退出。

為了不破壞即定行程，譚香珍不敢去驚擾俞正浩，輕輕將門扣上，並在桌上留下小紙條。

正浩

捨不得叫醒好夢正甜的你

所以我們自己去玩了

晚上見

香珍

留了字條，他們四人起先感覺有些不妥，好像很不夠義氣的拋下他們。譚香珍甚至緊扣柔眸眈著俞正浩，擔心睡醒後會不會怪她；而杜宇軒更是坐立難安，艾華假如突然發燒了那怎麼辦，肚子餓了知道餐廳在哪兒嗎？一路上就見他「叶，叶。」的吐氣。最置身事外就屬這對活寶貝了，薛學宇邊開車邊哼著，「你若來台東，請你真祝聽……」。林偉茜則抬高下顎對著後視鏡撩勾眉心，他們怎知後座那兩個情痴是如何自嘆自艾。

十點鐘的南艷天可以曬熟整埕稻穀。艾華穿件淡桔色無袖襯衫，緩緩在賞景台看海，她瞇起雙眼的抬高腳跟專注蔚藍深海，好似在找尋更遠的定點。

「童小姐。」略帶沙啞聲腔，有點兒失音。

「……」回頭。是誰打破了思緒。

「妳沒去八仙洞。」口吻中有些訝異，俞正浩微笑著靠近過來。

「有點累，大概又怕暈車吧。」心想你趕快離開，別破壞我懷想，蜜月島的氣氛。

「吃過早餐了嗎？」殷切的問候。

「沒有。」真懶得和他說話，偏偏又窮追不捨的攀附著不放。

「那我們一起去咖啡館喝杯飲料吧。」轉身走在前方，他似乎胸有成竹的肯定艾華一定會跟來。

點了兩杯招牌咖啡及抹茶蛋糕。或許用早餐時間剛過，所以咖啡座的客人很少，而他們兩人也選在邊邊角落，更顯現出整個館內清悠、靜謐。

窗外是海，而這讓艾華咋舌的海竟是一片花海，花海旁邊還有一簇各式仙人掌園，紅的株、綠的株，有大的比人還高，也有一小丁點的如手指一般，她欣喜雀悅的好想捧上手心。看在眼裡的俞正浩驟增一股妄想狂痴，心頭湧上冥冥遐思。

「妳有相機嗎。」

「有。」想到昨天向二姐借的數位相機：「我去拿，你幫我照。」嘴巴說著，仍舊不願用正眼去凝視，因為對他的敵意尚未屏除。

「ＯＫ。」

『咔嚓，咔嚓。』

貼近波絲盎然林梳，做了最大盈收，她像一隻花蝴蝶般的飛舞，讓片海花束也跟著搖拽。

俞正浩並未感染她的喜悅，只是機械式的微微咧唇抿笑，深邃眼眸中似乎隱藏著一道烏雲覆日的詭異氣息。

艾華玩弄手上數位相機，還好沒被宇軒帶走，否則這麼美好景致可就被錯失了，改天一定要約大姐、二姐一道來。

站起，她想離開現在位置，雖然俞正浩已不是那麼惹人討厭，但瞧他臉上露出猙獰國字模型臉附帶淫穢凸巴，不禁令人有種不能呼吸的罣礙。點點頭向他謝過，以輕柔婉約步伐離開。

視線轉移到觀景台上的翡翠燈柱，「哦！」昨天晚上怎麼沒見到如此漂亮燈飾。佇立腳步，揚起頭仔細好好凝視，可惜太陽烈度太熾，根本無法睜開眼睛細緻欣賞。

數著階梯步履，浸意在如夢似幻綺麗之中。驟然眼前泛起一絲模影，柔眸瞳孔倏地一陣昏眩，雙手扣住階梯扶把，深深吸了一口氣，緩緩踩穩步顛足履，一心只想快速回到木屋，一個跨步驅前，她癱軟了。

左手繞過粉頸右手延臂抱起，俞正浩用腳輕輕踢開房門，將她水平放在床上。第一次這麼近距離端詳、專注，雖然空調冷氣已經開到最大仍無法制止整個呼之欲出的狂嘯，他脫掉上衣緩緩把身子放低幾乎貼觸到她的唇沿，然後開始在她耳際旁低囁：「艾華，我要妳。」

她的臉，紅的嬌艷。

他的心，瘋狂痴魅，慾火焚身。

吐出舌尖在她耳際撩撥輕舔，不停的漸漸加重而包染了整個臉頰，就連呼吸急促聲早已掩蓋一顆震盪不羈的心臟。沸騰了，他深情的蛇吻、搜尋她的頭部及香肩。

一陣強掠吸吮之後，俞正浩張開足足有個臉龐大的手掌，他不能控制的低咆，將手順延著脖子下移至她的雙峰上游移。

「妳真美。」一解了胸前衣扣，手仍不停搓揉豐腴的尖挺酥胸。

在熾烈、燃燒的激盪中，童艾華慢慢微動身軀，在嬌嗔呻吟聲中有點甦醒，她想睜開雙眼卻有股渾噩力量使她感覺全身乏力的癱軟在床。

「唉！」還來不及開口，她的下顎被支起，一道辣燙氣息抵住她的雙唇，她又朦朧的醉暈過去。

空泛靈魂中有人嗤盡了她雪紅頂尖，她的裙子被褪去的移開一個大字型，她想吶喊的逃離那惡魔手掌，可惜沒有掙脫力量，感覺壓在身上的那道惡息正用隻手掠過她的肚臍眼，往下、往下，整個包含了她二十歲的廝守。

是誰？是誰扇開了固守二十年的門牆，在她無法抗拒的夢魘中未經同意就支解她。使勁的想用腳踢開那隻浸淫在密處的怪手，她狂叫嘶喊。

「好痛。」

一切還不及整理思緒，一支熾熱硬棒激進了她的溫溼靈道，殷紅核陰被兩隻手指扣住、撥繞，她的下體一伏一沉著撞陷棉床。

「走開。」憤怒甩開眼前貼觸在身的淫棍：「俞正浩，王八蛋。」畏懼的抓住被褥，掩住被惡鬼啃蝕後的殘餘碧蕊。

二十度的室內涼溫抵不住激辱憤怒，她涕泗縱橫，歇斯底里的捶頓床沿。眼眶熱淚迅速決堤竄流，為什麼你要毒害我，霸佔我的築夢嫁衣。

怎麼辦？一顆充滿愛情浪漫憧憬的瑰朵被賤踏的支支零零，她崩潰的嘶聲嚎哭。

累了，她抽搐著。

「……。」淚如泉湧，潸然不止。

俞正浩赤裸裸靠在浴室門口，或許被她狂怒情愫嚇得忘了穿回褲子。他並不憐惜她的胴體，這不是什麼滔天大罪，何況男歡女愛的溫存媾合見多了。只是如童艾華這般靈魂剝離肉體的撕裂滅絕，才讓他意識到一種罪惡深淵的不赦。怕了，原本可以冰溶一座火山的熱燄瞬間竄進背脊，涼入心骨。就連直挺挺的肉指，也龜縮的不及三寸長度而已。

快速抽回奔馳情慾，用幾近哀求語氣央求她的寬恕。

「對不起！」捱近床沿，試著去拉開包裹身軀的棉褥。

「走開，你給我滾。」用毀滅性口吻警告。

「原諒我，我會負責的。」深怕她不解的做出尋死念頭，不禁怯顫深鎖。

「……。」微微撥動略近乾澀雙唇，複雜情索在心中翻攪。

冰清空氣凝固了她的淚痕，緊閉雙眸久久不願睜開，她不想捉摸杵在眼前這個惡魔如何掠奪分食她的冰晶玉膚。

「出去。」再一次狂嘯。

俞正浩踉踉蹌蹌開了門，懊悔的緊握雙拳，在闔上房門之際突然有股強烈憐愛，扣鎖眼神中增添幾分惆悵。

艾華進入浴室間，虛弱不堪的貼在牆邊，方才那幕記憶歷歷猶新。牆上淋浴器的水壓開到最大，揚起頭讓千百條噴射水注沖浸她的罪惡，她已不是完璧之身，再也不是一朵盛夏百合，身上已經無法散發滿室芬芳。

她，哭癱了。

乏力蹲坐在浴室地上，雙手插進髮稍，手肘撐在膝蓋上，緊鎖雙眼的任憑水滴淌淌竄流過臉頰、粉頸至酥胸到大腿。完了，荳蔻年華的青春美夢都化為泡影，才準備和杜宇軒談一場世紀戀愛綺夢，怎奈上天不能給予祝福反而紮實的在她心坎插進一刀，讓她整個心支離破碎、體無完膚。摀住耳朵，不敢去想像的顫抖，迫使她縮成一團。

不願去冥想事情結果怎樣，提起一顆殘損不堪的碎心，捱住快崩盤的軀殼狼狽消失在墾丁公園角落。自己已不再屬於自己，昔日那隻揚頸高歌的喜鵲飛走了，只留下幾支乾枯樹幹任憑太陽光的啃蝕。落寞神傷的拭去半乾淚痕，萬念俱灰的搭車回高雄。

四天沒去上班，杜宇軒手機也不知重撥了幾千次，從大姐哪兒得知艾華回澎湖了。雖然知道她現在平安著，但突然不告而別並非用單單回澎湖就可搪塞，他明瞭艾華一定出事了。記得當日下午從八仙洞返回飯店，瞧俞正浩一副呆滯無神眼眸即可查出端倪，難道真如心所不願預測的結論嗎？心境真如刀割般的刺痛。

足足一星期無法抹平傷口痛楚，哭是最後一道築牆，除了再哭，有誰可以代她消弭惡魔阻障，還給她一條七彩綻放的虹橋。

艾君兩姐妹為了幫她度過無藥療癒的傷口，兩人輪流請假陪她、安撫她。事情總會過去，日子還要繼續過，一時錯誤所造成的不堪，不至完全抿滅一生所有。堅強面對現實給予的重擊，我們可以重新來過，何況現今社會仍有不勝枚舉的不平，她們不也快快樂樂活在當下，實在不必去擠壓沉覆在心底的最小一道剝痕。

艾華在姐姐苦口婆心勸說下總算拾回一顆掉落深淵的糜心，一切所有揮之不去的沉疴今日統統丟入大海。她要拾回往日遺失的眷容，快樂走在光磊道路上，不再為過去失心而懊悔殘喘。

擰起桌几上手機，好想撥電話。

「喂。」終於突破心防，按下熟悉號鍵：「宇軒嗎？」

「艾華。」撕裂的聲響，加上一層厚厚抖音：「妳在哪裡，快告訴我……。」話語中那種失去而復得的期盼，真想馬上就出現在她眼前，然後牢牢栓住。

「我想見你。」激動哽咽中泛起一陣鼻酸：「我在家，你能來嗎。」默默沉思著他的回答。

「好。很快就到。」篤定下了承諾。

空間在控制時間，遐思枯候是一種致命毒素，幾天發酵不死，就該好好活出意義。

……。

「叮——咚——。」

這一定是杜宇軒的限時專送，自從交往以來，只要她一聲輕呼，那他可當作聖旨般的慎重、嚴謹，一切都履行的完美無缺，只因為她是心肝寶貝。

「宇軒。」開了門，一句憔悴喚使：「進來吧！」

「艾……。」欲言又止的痛，怎能用幾個字的低呼來表明多日惆悵哀怨，挑起最徹底眼神拴住：「妳怎麼可以這樣，怎麼可以這樣拋棄我，扼殺我……。」淚水如崩裂山洪由心的最深處昇華、沸騰、泉湧到流瀉不止。

喃喃低吼，何嘗她不也如此相思斷腸，淚水早已爬滿紅腮，水汪汪的柔眸中滲著一層層朦朧歉疚，她……。

「抱我，吻我。」她閉上雙眼，嗓音瘖瘂地顫抖。

二分之一秒錯愕閃過神經的考証，他心本就有股激盪的衝動，只是因為愛她，所以隱藏的不漏痕跡而已。

撫住雙肩，並沒有飢渴的將她擁入懷裡，目光熾燒又充滿憐惜的瞅住她，好久。

她的雙頰泛起片片殷紅，伸手環腰的緊緊鉗住，她在等著一帖可以療傷止痛良藥，殷盼、祈求的需要他給予強烈熾焰，好好化溶寒凍的冰窟。

緩緩將手由肩膀滑下，有點青澀的附在腴胸。體內溫度的賁張加速了心跳震盪，他奮力強摟住她的纖腰，用一種粗魯又笨拙方式狠狠覆上她的唇，接著瘋狂吃著、舔著溼漉的印唇。杵在蕊峰上的手開始慢慢解開上衣鈕釦，水藍色胸罩底端頂滿了兩顆豐足蓓蕾。

「請你用最大的力量佔有我。」抖動的身軀包含閃爍淚光。

激情拋開一切束縛，愛溶解無端的波瀾，這一刻就讓時間停止在永恆旋渦中。過去不堪回首的夢魘請你就此打住，別再滋長一顆已經破碎支零的心。懇求著，央託著，請你高抬貴手放我一馬吧！

「宇軒。」推開溫存中還不肯罷手的杜宇軒：「你走吧。」翻起身，迅速將衣物掩住身體，快步進入浴室。

這一切來的有點不知所措，然而愛的真諦不就是打開暗門的一道關卡，接著兩人進入迷宮中軌道一起尋找出路到終點嗎？他還沉思在迷惘的框框裡，是在回舔剛剛情慾呢，還是暗罵自己太過遲鈍的表現。對於她給予下逐客令的指示，卻未喚醒這隻情場菜鳥。

「妳在叫我嗎？！」對著浴室門板，佈滿欣喜口吻應了。

「快回部隊吧。」歉疚的低嚷，她知道這個時間並非放假日，只是心裡一股沖積凝聚的讓她脫序要求見他：「你請假了嗎？」由浴室步出，雖然收起嫵媚的嬌嗔，留在臉頰上的酡紅耳腮卻明顯烙印層深。

「沒有。」肯定答許她的追問：「連長不准假，我偷溜出來的。」穿回草綠色軍服，洋洋得意的表白。

「那你慘了。」雙手硬推的將他擠到大門前：「快回去吧，我看連長一定關你禁閉。」

「我不怕。」撒嬌的低囁耳際：「我願意，我心甘情願，我值……。」

「……。」她的唇貼上，雙手環腰緊緊摟住，此時何必再多言，這一刻就停留到永久吧。

「再見。」瀟灑飄逸的英姿：「等我禁閉關完後，如果沒有被凌虐至死，一定會回來見娘子。」

闔上大門的艾華跌坐在沙發椅上，為什麼他要如此情痴，難道他不知道這是經過蹂躪後的殘餘軀殼，還是故作隱藏只是不願多一次剝傷我心而已。淚又再度竄流不止，心中的痛楚滾滾翻絞，好想就這樣死去。

將初戀用繩子綑綁起來，不再品味，不願回眸，一切隨屏東的落山風而去。

收起舊行囊，她的離開或許可以淡忘一切不如意及傷痛，希望新的一景一物多少讓她有重生機會。

大姐連絡了台南舊識，暫且將她送走。

新環境真讓她忘卻所有的不悅，漸漸舒放出本能的嬌柔，童艾華三個字很快就在新生活圈中成為漂亮標竿。

老一輩的「三角立啊。」是台南衣飾集中區，童艾華甜美的笑顏擄獲了周邊老少。他們互相讚揚這個從澎湖來的小姑娘親切有禮，唯有電視名模「蕭薔」才能與她媲美，這是商圈裡的最新口號。

從事男女時裝販賣的方正吉夫婦更是如獲至寶似的疼愛有加，自從僱用了艾華以後，短短兩個月內生意可說扶搖直上，每天店門一開，馬上湧入一批購衣客人或借意覬覦她的美色人群。有心買衣服的客人大約有九成比率因她親善容貌及服務態度而心動；當然也有部份不買衣服卻故意和她討價還價，以便近距離端注這位過鹹水的水姑娘。

她的離開，最苦的莫過於整天像瘋狗一般狂吠的杜宇軒，不管放假或在營區中，只要艾君、艾琳一下班必定電話滿檔，他急需和艾華見面，否則會死掉。

倚靠艾華房門呆滯的拭著眼眶淚痕，不停啜吸鼻子竄流的酸水，雙手糾結的擰扯胸膛，妳們可知道呀！這多痛，多痛。

攤在眼前的彈簧床依舊不語，微緩腳步挪移到床前，伸出抽搐顫抖的雙手，找尋彼此纏綿後的伶影——

童艾華。

「阿華。」老板娘揚揚剛劃好的柳眉：「妳把這套修改好的衣服送到成功路『聖能牙科診所』，這是診所醫生娘的衣服。」

「好啊。」淺淺微動唇瓣，轉身進入後廂衣櫃，拿出外套披上：「我出去嘍。」揮揮手和老板娘再見。

機車順著中正路轉民族路，停了紅燈再右轉便是火車站前的成功路，很快的就讓她看見聖能診所招牌，將機車靠邊停妥，提起紙袋的衣飾徐徐進入。

「小姐。」躬著身，向櫃台護士小姐詢問：「請問醫師太太在嗎？」微揚唇瓣的對著。

「什麼事。」護士探探頭：「找她有事嗎？」

「我送衣服來的。」將手上紙袋略為提高至櫃台窗口，讓護士小姐清楚的看了紙袋內衣服。

「妳等一下。」按下對講機號鍵。

「小姐，妳請坐。」正在為客人看診醫生撇過頭來，瞄了艾華一眼。

「謝謝。」將身子挪移至適當角落站著。

「我太太又買衣服啦。」嘟起酸梅嘴，馬上又平復下來：「小姐，不曾見過。」看了紙袋上的商店名號，識出這家太太一個月光顧四、五次的服飾店。

「我剛來沒多久。」欠欠身的點了頭。

「聽妳口音好像不是本地人喔！」他把看診的額上放大鏡移正一些。

「我是澎湖人。」順溜回覆他的疑惑。

「好……。」

沒等他的話說完，躺在看診台上的病患側身站起，他吐掉嘴巴裡的洗齒垢水，兩顆凹陷、深邃眼珠睜得渾渾圓圓。

驀然驚悚讓她後退半步，擰在手上衣服掉落地上，她愣愣的杵在原地，原本粉圓殷紅的臉頰一下刷白，兩排雪亮整齊牙齒不停抖動，發出「咚、咚。」聲響。天在旋，地在轉，空間裡何時閃入一隻吸血厲鬼啮盡了她的血脈，腦部神經告訴她，趕快逃呀。

不敢回頭看敵人有沒有殺來，只是賣命的狂奔，能多遠就多遠。不知跑了多久多遠，待腳步回軟的停住時，撫住惴惴不安的心，想想方才那幕驚悚情景可比古代的逼良為娼更加齷齪不堪。

魔鬼為何又陰魂不散的踩著影子不走，好不容易跳脫的糾纏怎麼又不聲不響的附在眼前，再次勾勒心中塵埃。

臘月時分。

不願看到的人真的沒有再出現，人潮熙攘的『三角立啊』今年因她加入更顯熱絡。深夜回家路上，她意識到遠遠背後有人跟踪，待她回頭去查探虛實時，卻未發現任何可疑之處。「唉！」可能是累得心慌吧。

再一個轉角就是朋友住處，還好有她收留才能掙脫不去尋短念頭。

「童小姐。」角落暗處閃出一條身影：「不用怕。」聲音短而急促。

「哎……。」驚魂未定的差點摔倒：「你是誰。」抓起肩上皮包準備作最後抵禦，開始在尋找要逃路線。

「我來向妳道歉。」低沉又緩慢的訴說。

「你是……。」雖然在暗處，憑聲音和略短身材，她已知道比厲鬼更強悍的妖魔出現。

「對不起。」黝黑的身影忽然截成半段，他結實的跪在漆黑行人步磚上，讓靜寂的社區行道上發出脆亮響聲。

「你要怎樣。」被突來舉動嚇著：「俞。正。浩。你饒了我吧！」放聲狂嚎，她的怒咆引起公園內的狗群一同齊吠。

「一切都是我的錯。」沙啞的有點哽咽：「不敢奢求妳的寬恕和諒解，但請妳給我贖罪機會。」

「不用。」抓起高跟鞋，奮力向著眼前影廓拋出：「你能還我清白嗎？」話落。掉頭快奔的消失在俞正浩視線。

年後的初春，一切尚停留在渡假心態中，店家門口的騎樓下圍起八、九人，他們在下棋也在沏茶；春節前的吆喝叫嚷，年後總該為自己的辛勞找藉口休息。艾華和老板夫妻去了一趟花蓮，特地又帶她到天祥、太魯閣遊玩，算是犒賞她的功勞。

有了固定工作，自己租了一間閣樓。大姐朋友雖然一直慰留，但總該有自己的生活方式，一再寄居他人家裡也是一種負擔。為了上班方便，就在店舖對街巷口內落腳，好壞都是屬於自己的天空。

元宵節的最後一天，老板娘早早就歇息，反正過年後生意比較清淡，趁此機會看看花燈。艾華稍微上了粉粧，隨意套件T恤，反正台南的路不熟，實在也不知道該去哪兒逛街。

在書店挑了兩本「劉墉」短篇小說。從國中起就是劉墉的死忠書迷，總愛看他「綿裡藏針」的筆法，有點勵志又有些剝開人性弱點及反映社會競爭的醜陋面。

年節氣息還在，愈是鬧區的街就讓她更顯無限傷怯，年長二十歲第一次不在蜜月島過年；雖然故鄉的年比不上都市多樣化，不過身邊總有爸媽和好多親戚朋友。

和大姐通過電話，她們也因為加班而放棄回澎湖，但媽媽寄來一些家鄉糕點及鮮魚，還一再詢問她是否安好。一想爸媽眼眶又是一陣酸楚，趕緊咬住唇瓣別讓濛濛熱淚在街道上揮灑。擰起面紙堵住淌淌欲滴的鼻水，快步挪移至暗巷，或許在沒有人的街角要痛哭一番也不致讓人笑話。

久久才撫平無傷的痛，看看手背腕錶時間爬過九點，順著回家的路也得走個半小時，撥撥掩過臉頰的長髮，偷偷在商家玻璃櫥窗鏡中看看淚痕是否弄花眸腮。

鑰匙對準大門鎖口準備開門上樓，陡然有雙戴手套的手掌按住。

「小姐，把錢拿出來。」聲音壓的很低，眼睛仍注視著巷口馬路。

「……。」錯愕的驚恐，讓她說不出話來，抖動的手一直停擺在半空中。

「快拿出來。」短而急促的語句：「否則對妳不客氣。」他的身體一直逼近身側，似乎怕有人從馬路透析發現。

艾華打開掛在肩膀的皮包，抽出裡面的小錢包，整個僵硬身軀讓她很吃力才將小錢包遞上。

對方接過錢包，迅速由巷口奔出。

按住快崩潰的心鎖，雙腳發軟的倚靠在大門，突來驚悚讓她一片空白，就連逃的本能也沒有。平時動不動就大哭特哭的情緒今天卻忘了發揮，只是愣愣的、痴痴的呆住。

「小姐，妳的錢包。」一語劃破靜籟巷口，又是一隻手，這是一隻沒有帶手套的手，手心上放著一個剛剛失落的小錢包。

她來不及反應，腦部神經還沒開始運轉，一部科幻爆栗的動作片還摸不著頭緒，怎麼又來一段新劇情。

對方沒有太多言語，將手中小錢包放入她的大皮包，徐徐消失在昏暗巷口。

驚魂甫定，快速逃回閣樓。她知道有人搶了她的錢包，好像又有人將錢包還給她。

看了小錢包。

有血。

……。

病了。這下病得不輕，連下床的力氣都沒有，老板娘來探望一次也順便給她帶來吃的食品。一整天的昏睡，醒時還感覺有些暈沉，微微移動發麻的雙腳下床吃點東西。

昨夜驚悚畫面一直沉浮在眼前，是誰替她將錢包搶回，又為什麼錢包上卻留有暗紅鮮血，難道這位見義勇為的過客和歹徒拼命不慎割傷手臂，最後仍順利要回了她的錢包。如果是這樣，那怎麼辦！如何對的起人家，況且是誰也不知道，因為昨夜慌得無助。

勉強下了樓去找尋昨夜遺下的痕跡，她思索那個人的簡短對話，希望可以記住他的語音或許改天能當面言謝。

開了樓下鐵門一個箭步跨出，雖然巷口視線略為晦暗，地上卻明顯留有乾涸的斑斑血漬。艾華嚇了一跳的收回腳步，昨夜那個人為她受了傷，觸景傷痛的讓深眸眉宇更加緊鎖。

回身，跨上樓梯兩步。

「童小姐。」有人發出低沉的吶喊。

「是誰。」停頓腳步。對了，這聲音是昨夜為她搶回錢包的英雄叫喚。

「妳還好吧！」遠遠站在大門口外：「錢有沒有遺失。」關切的語音中略帶些微不捨。

記憶快速摸清腦子這個人怎麼知道她的名字，又為什麼在那麼晚的巷口出現，急時替她奪回被搶的錢包，難道是一場事先安排好的劇情，目的在製造她的青睞而已。不敢回頭去掀開這個謎底，只是裹足不前的定在原點。

「啊！」怎麼辦，倘若他只是演演戲，又何必把自己弄的傷痕累累。終究仇恨抵不過情意的枷鎖，她戰戰兢兢的面對這個恨也悠悠，情也悠悠的擬人。

「謝謝你。」看清對方臉孔，並沒有太大震驚，要來的終歸會來，逃已經不是最好選擇，面對的把話釐清。

「昨天我知道妳提早下班。」一動也不動的杵在原點：「本想和妳說話，看妳有些急而制止，然後我就一直守候到妳平安回來，看妳拿鑰匙準備開門，我就轉身離開。」緩緩的將昨夜相遇情形告白，免得她有種匪夷所思念頭。

「那你怎麼知道我錢包被搶。」微澀聲音中不免仍有些些驚悚。

「我看見一個人從巷口奔出，潛意識直覺讓我知道他一定做了壞事。」頓了一下：「馬上想到巷口內的妳可能遭到搶劫，所以就追了上去。」話行間有些激怒，似乎昨夜沒有好好修理那個歹徒而感到不甘。

「然後你受了傷。」她想下樓梯去看看他的傷口。

「沒什麼。」看了手臂：「那歹徒趁我不注意，用刀子劃了一下。」伸手去摸摸傷口的繃帶。

「深嗎？」低吟的靠近身旁。

「縫了八針。」他還是一動也不動的定在哪兒。

彼此深糾的凝眸對方，誰都不願再開口。這是傷害後的第一次會晤，雙方都在為過錯懺悔，也許他們不去墾丁，也許他們都不要喝酒，也許他們隔天不一起拍照，也許……，因為有那麼多的也許才鑄成今日無法抹平的悲歌。

她被染解了，事後的沉澱省思大家都成熟多了，該去怪誰，又該下定是誰的錯。然後錯的人就該去下地獄嗎？假如今天她長得很抱歉，那深夜橫躺在街頭又有何懼。

舒柔玉指輕觸了包紮傷口，這隻手為她受了傷，更可惡的同這雙手卻梭巡過她的雪蓮胴身。「哎！」時也，運也，命也，我童艾華怎麼會受如此不平遭遇，難道天妒紅顏嗎？

解開禁錮的鎖碼，雖然不准他進入閣樓，卻允許他的正式探訪。這算是冰釋前嫌的妥協呢，還是女人無法抵退男人糾葛。

「艾華。」在巷口門前俞正浩等著準備去上班的她。

「有事嗎？」有些訝異，他那麼早就來找她。

「一個小小要求。」嚥下唇液，話到嘴邊又吞了下去：「明天是我生日，今晚等妳下班後可否請妳吃個宵夜。」對唐突的邀請感到不安，將頭低俯的看著地上。

「……。」有些為難，猶豫的不知如何回答。

「沒關係。」這樣的答案他早早就有心理準備，人家已經原諒了他，這可算天大的福音了，又何必去在意要不要吃宵夜。

「祝你生日快樂。」主動伸出手和他輕握，算是友善的衷心祝福。

「謝謝。」現在皮膚變的比較白淨，可以清楚看出他滿腮漲紅：「我可以陪妳走一段路嗎？」沒用正眼瞅她，因為又怕再一次的聽到拒絕話語。

「好吧。」輕輕應著。

她們沒有直接過街而沿著商店騎樓步行，俞正浩已經戒了菸，也不啃檳榔及喝酒，一切均在犯下滔天大罪後立志。現在的目標是想好好在汽車修護場工作，然後回雲林家鄉開一家保養廠。

他之所以會知道艾華的住處，是因為那天在診所看了紙袋上的商店地址，然後慢慢跟蹤了她。甚至後來搬家他都很清楚，為了找機會贖罪幾乎每天晚上都出現在她的住處附近，只是想好好保護她，以彌補一時慾望所犯下的天條大罪。

她很少插話的默默聆聽，她扮演起神父角色去接受教徒懺悔，俞正浩變得不再吊兒郎噹，時間正在磨平他的傲骨，那個當初除了睡覺才不吃檳榔的混小子開始淬煉、脫胎換骨。

清淡的上班時間有了更多反嚼思考空間，是該原諒過錯創傷而不必刻意刺激神經，然後把自己關在死胡同裡至萬劫不復的田地。他已經完全洗滌掉所有惡習而且誠懇為傷害下定界標，是該給他有機會重生，不必長期在苛責中苟活。

整天不停的在觸扣這個戒疤，一次又一次的告訴自己他並不是什麼十惡不赦的壞人，何況有勇氣在她面前下跪請罪，然後遠遠的躲在暗處呵護她。

不太會整理複雜的腦筋及單純個性，就為了一次小小宵夜邀請怪罪自己的拒絕太過殘忍，也傷了對方自尊。「唉！」做人真的太辛苦了。

上了閣樓又回眸的在窗口向下探尋，俞正浩一連二十天未曾電話連繫，也不在巷口和她見面。「呃！」這樣的結束也好，可以真正將他消化掉、抹滅掉，可是這種方式離開讓人有些難掩耽憂。

商圈生意又快速熱絡，各地擁入批發小販將整個集散區炒的沸沸騰騰，每家商店川流不息景觀比廟會進香團更熱烈，艾華最近忙的將午餐和晚餐一併吃，因為她執著為每一位進入店內客人做最實在的服務介紹，唯有如此才能抓住客人荷包及留下親切印象，這回不買，但下次真正要添購新衣時一定會想到她。這是對自己定下的專業服務具備條件，她已經完全領受了這行竅門，接下來就是要開始拓展市場，或許有一天也能為自己創造一片天。

失蹤三個月的俞正浩出現了，瞧他整個臉龐清瘦的有如非洲難民一般，沒有事先打電話給她，仍舊一樣的守候在巷口，默默的、孤獨的瞅視暗巷底端。

「俞正浩。」訝異的靠近身側，輕輕拍了他的肩膀：「你來多久了，最近去哪裡？！」問的有些急，有些關心。

「我回雲林。」遲緩的應了，語音中有種苦澀的低泣。

「怎麼了，家裡出事嗎？」貼近的和他面對面，發現他一臉憔悴模樣，還真有些恐怖。

「我爸得了肝癌。」抽搐的忍住眼淚滑落，聲音哽咽的堵了喉嚨。

「……。」瞬間感受讓她心中一怔：「吃飯了沒。」

「沒有。」將頭移開，迅速用手拭去奪眶淚行。

「一起去吃點東西吧。」主動拉住他的手。

「不用。」沒有移動腳步：「謝謝。」抽回被握的手。

「那上去坐一下，喝杯水吧。」抽出鑰匙開了門，突然有股母愛的摯熱湧上心頭。

他跟了上去。

解了禁，第一次讓敵人進入自己的城堡，她相信這次敵人將不會再次和她動起干戈。

「拿著吧。」遞上一顆削好皮的蘋果。

「謝謝。」咬了一口：「謝謝妳對我的信任。」他冷冷言道。

「不要再說。」不想去觸及那個塵封已久的舊檔案。

「對不起。」發現自己的語垢又去勾動了舊傷痕，連忙點頭抱歉。

「你父親現在怎樣了。」快速的轉移話題：「嚴重嗎？」將雙眸抬高挑住他的眼神，一種感同身受的悲怯湧上心頭，他太苦了。

「只剩半年生命。」手中蘋果放回盤內，緩緩的站了起來。

「那你怎麼辦呢？」平滑精緻的粉額，增添了幾條細細皺褶。

「回家照顧他。」有些激動的緊握雙手。

「你的兄弟姐妹呢？」她憤憤的說著。

「我是獨子。」把手附在窗櫺，兩眼眺望漆黑的夜空。

「哦。」不知該用何種安慰話語來撫藉他的傷怯：「譚香珍呢！」陡然想起了他的女朋友。

「……。」頓了一會兒：「吹了，墾丁回來之後就向她說明一切，然後正式分手。」一句一句的闡述。

「因為我。」有些激動的錯愕，這樣對譚香珍不是太不公平了嗎。

「是的。」簡單答覆，轉過身和她面對面四目交織，深烱眼神裡透出一股讓人心碎的酸楚：「我要為自己的行為負起責任。」肯定下了注點，原本已經夠深邃的眼神更加深烙。

「那譚香珍怎麼辦，不會太傷她的心嗎？」將頭低了下來，不願正面和他對視。

「我們都不夠成熟。」又將目光移向窗外：「繼續在一起也不會有結果的。」雙手緊緊扣住窗沿。

為了離開傷心地，所以分手後就來台南找工作，希望真正找到自我，謀得一份正確選擇的工作，將來有機會回家鄉落腳也可就近照顧父母。

他的話觸動了一顆善良無邪憫心，如果之前不發生那種卑劣行為，今日一席話必定扣住芳心。

她掙扎的有點激動，緊緊忍住快要奪眶淚珠，為什麼會這樣。

「艾華。」打破沉默僵局：「明天我就回雲林，或許以後可能沒有機會再見到妳。」揚起頭遙痴著很遠的天際。

「保重。」噙住淚。

「啊！本想留在這兒一直保護妳。」再次牽住她的柔眸：「可惜上蒼不給我懺悔機會。」

「……。」沒有話語，只是哽咽的有些酸楚。

「這個還妳。」將一個手提袋遞上前。

「什麼東西。」狐疑的瞪著，會有什麼東西掉在他手裡。

「高跟鞋。」紙袋交到她手上：「它讓我感受到一點點平復，因為仇恨已經在鞋子飛出那一剎那化為烏有，我知道妳已原諒我了。」有些激動的告白。

終於按耐不住淚眼潰堤，大把溫溼淚水滑過映熱紅腮，滴附在胸前衣襟。這種悲歡離合的磋砣就像一把無情利刃刺戳著心，好痛、好麻。

俞正浩完全在她視線中消失，一份不屬於真誠的勾勒已經下幕，濤濤起伏的波痕總會在衝上岸後覆平，就像一隻誤闖蜘蛛網的飛蛾一般，自認倒楣的結束生命而已。

第六章

「三月裡的小雨，稀瀝瀝、嘩啦啦下個不停……。」這是老牌歌星劉文正的拿手歌曲。連續一星期的梅雨季節將全台灣的山林、城市覆滿一層皺糾糾的黃泥沙。

從前天起，艾華可就忙的有點煩，睡覺到半夜水滴如豆般的從天花板淌淌落下，正準準的溼染整片床榻，大半夜的折騰加上棉被浸泡有些冰冷，怎巧屋漏偏逢連夜雨，衣櫃旁，靠馬路窗口的窗櫺走道濺漉的溼淋淋，地板上的雨水如蠶蛹啃桑葉般寸寸格格爬上衣櫥。「哇。」糟了，這下不知道整櫃衣飾要擱到哪兒。

還算聰明的腦袋沒被大雨打昏，趕緊將兩塊椅子等矩離的拉開當支架，然後把床頭櫃放在椅子上面，所有全部家當統統放在櫃上，緊皺眉宇的愁思。倚靠在不淌水的牆邊，一切等到天明之後再傷腦筋吧！

服飾店老板娘給了五天假，夫妻倆還特地開車來幫忙載運一些物品回店裡寄放。

房東迅速請工人將天花板上的石棉瓦更新，滲水窗戶也一併換上鋁門窗。由於大雨及整個閣樓全部掀頂重做，「赫赫。」工作中所留下的殘餘，只能用一句「十年浩劫」來形容。

本想回高雄和大姐、二姐聚聚，但是又怕觸景傷情，萬一被杜宇軒撞見了，那好不容易平復的情怨不又被刮的遍體鱗傷。

傳了簡訊給俞正浩，探問他父親現在身體狀況如何，雖然曾經是一頭猛獸把她撕裂得體無完膚，但事過境遷後，他已經脫胎換骨的重新定位，正努力邁向新目標。

俞正浩並沒有馬上給她回覆，甚至從早上發出的訊息至傍晚仍無得到一些知解，不知他是否因父親的病況整個生活步調被翻覆的焦頭爛額，或者根本沒有看手機，是否應該主動打電話給他才對，至少能做個讓他訴訴苦悶的對象，即使不算朋友一場也當作是同情過客。

「俞正浩嗎？」撥了手機，對方有人接了電話。

「妳是誰。」是女人的微弱答腔：「正浩在加護病房看他爸爸。」她的聲音很小，很無助，對話聲調中包含了一種失落的淒涼。

「我是他的朋友。」慢慢的一個字一個字敘述：「請問正浩爸爸怎麼了。」輕緩的詢問，深怕聲音太大而觸動對方的思慮。

「……。」停了一下，對方哽咽的有些微顫：「很危險，醫生正在急救。」哭了，一種多日積壓所併出的渲洩，她哭的有點慌，有點手足無措。

「妳是伯母嗎？」被突來的哭嚎感染，鼻腔有些微澀，眼眶泛起一層薄霧打轉：「不要哭，不要哭。」儘量去安撫一個陌生女人。

「我是阿浩媽媽。」壓下出聲的啜泣：「小姐妳是咱正浩的女朋友嗎！拜託妳來看看他，他已經兩、三天沒吃東西了，我真的很心疼。」脆弱聲音中夾雜著一份母親的呵護，她無助的訴著。

一個人妻、人母的鄉下傳統女人，她只知道要相夫教子及保護自己的家，要對丈夫付出，為孩子謀得溫馨的窩，其餘的她根本不知用什麼方法去承擔脫序的生活模式，更無力招架失離的痛殘，只能祈求上天憐惜、眷顧，別將罪惡的懲罰加諸在她們身上，因為她們只是一顆小小沙粒，單純的只為三餐溫飽而已。

「伯母。」情感拉攏了人與人之間的環扣牽繫，她難疚的下了允諾：「您叫正浩打電話給我。」又被感動了，豐富的情感再次激起漣漪。

答允了俞正浩媽媽懇求，事後才後悔的惦量著不安，是不應該感情用事的輕率決定，怎好意思的一個女孩子隨意就去造訪人家，何況自己又不是俞正浩女朋友，這未免也太唐突了吧。「啊。」這種軟趴趴的個性可會害慘自己。既然答應人家只好搭車上雲林縣的崙背鄉。

一個小小鄉鎮，一片全部面積栽種美濃瓜的村落。俞正浩的家並不富裕，也因為父母全心務農才導致他跟了壞朋友，十七歲就犯下拿刀恐嚇同學的罪刑。

把她接到家裡，一間舊式宅院及兩落長長棧間和寬敞門口埕；庭院外是一大片水泥地，大概是用來曝曬稻米的廣場。她好奇觀看著熙攘外的一片靜謐，它沒有城市中的車水馬龍，卻擁有一份世外桃源的夢境。

「喂！」

她被殘酷的拉回現實塵囂，還來不及認識這個山裡小鎮，就踉踉蹌蹌跟著進入惆悵現況。俞正浩父親從醫院移回家裡，瘦骨如柴的凹陷臉廓真叫人酸了鼻梁，糾結心肺。

「爸。」蹲在床沿，低聲喚著尚有一絲氣脈的父親：「這是我的朋友來看你，她叫艾華。」按了父親手臂，試著讓他睜開眼睛。

一位燈油將盡、燃燒蝕沒的老者，微微撥開一抹深窟皺眸的眺眺艾華，手指在床沿扣動，是在告訴身邊的兒子他想坐起。

艾華幫忙墊起枕頭，俞正浩將父親扶靠在床頭櫃坐起。他深深打量了這位兒子的女朋友，然後伸手去握了老婆的手，吃力的點了頭。

領了艾華至房間，這是長廊的客房，平時擱著，只有逢年過節時候才有親戚回來暫住。艾華稍微用乾淨毛巾擦拭床鋪和桌椅，這是她今晚要睡覺的地方。

晚餐他們只是簡易的煮了飯和湯，俞正浩到自助餐店包了一些菜，三個人靜靜的吃了晚飯，彼此並沒有太多話言談，而俞正浩母親也簡單的喝了一碗湯便回房照顧老伴，飯桌上只留下他們倆人低著頭慢慢扒完碗內米粒。

餵了父親湯藥，帶她到附近公園走走，路上經過了他上課的小學，不覺停下腳步去看看操場上一些由父母親帶來散步的小朋友，瞧他們個個活潑蹦跳的追逐嘻戲，一時感觸猶然心生，自嘆弗如。

「謝謝妳，艾華。」找了一片乾淨草地坐下：「在我最無助的時候，妳竟然不記前嫌的來看我。」糾皺眉宇的欠著。

「不用客氣。」瞅了他一眼，也將頭低俯下來：「正好店裡生意不好，老板乾脆歇息。」話落，忽然想起了閣樓淹大水的事情，本想提及，話至唇邊又嚥了下去。

「妳沒回高雄。」雖然大家都怕觸景傷情，仍關心問候。

「沒有。」她不敢說，若回去碰見了杜宇軒那怎麼辦：「住的地方大淹水，現在屋主正在修理房子，店裡老板給了五天假，所以才有空檔來找你。」把話題岔開，掠過錐心的痛挨。

「對妳的虧欠我怎麼還的起。」拉住她的手，緊眉深鎖的惦量著。

「看你和伯母這段日子也夠難熬了，一切都要看開些。」沒有抽回被包覆的手，挑挑眉，輕言撫慰。

「不曉得爸爸還有多少日子可活。」深邃眼眸皺的更緊，嘆了氣：「現在幾乎是寸步難離，無助的有些荒蕪。」將雙手插入髮梢，掌心把整個臉掩住。

抬起頭，他們一起揚望天邊的星宿，雖然晦暗的天際無法給予慰藉，卻是最真摯的朋友，它默默的守在你身邊與你歡顏，同您悲切。

隔日。

俞正浩母子在廳房低聲私語，艾華在房間裡雖然不知道他們母子對話，但隱約可以聽見俞正浩一直說不要，不能這樣……。

「我去拜託童小姐。」俞母步出廳房：「請她幫忙了決你爸的心願。」竟往艾華房間走來。

「媽，妳別這樣。」俞正浩趕緊拉住母親：「艾華來看爸爸已經很好了，妳真的別為難人家。」他已生氣了，但仍不敢對母親大吼。

俞母停下腳步的瞅了兒子一眼，兩行親情溫溼熱淚「咚。」迅速在腳尖前擴散。俞正浩將母親擁入懷裡，背著母親滿腮熱行的臉頰，他已無力控制失序的腦部神經，淚水滲過凹陷眼眶流瀉的覆上母親背脊，母子倆崩潰的失聲嚎泣。

「伯母。」輕緩的掀開門幔，原本清澄眸腮卻被眼前這對母子泛染，簌簌的皺著：「有什麼事要我做的。」她知道自己處境已經無法置身事外。

「童小姐……。」話未出口，掛滿腮際的兩行淚道又添新痕，俞母吃力的嘶喊：「請妳行行好，幫忙我們母子吧！」她幾乎快下跪的去懇求她。

「伯母別這樣，什麼事情要我幫忙請明講。」雖然不明白究竟有何重要情事將牽絆著她，但心底早已嗅覺到一種沉重的壓力，正咄咄凌氣的逼向自己。

「媽。」想阻斷母親幾盡崩蝕的荒謬思維，他有點兒生氣的撇過頭，緊握拳頭的去捶打牆壁。

「請妳嫁給阿浩好嗎？！」兩顆失神的滯眼暮然燃起一苟熾光，她渴望冀求的抬腮凝眸。

一個趨近五十歲的中年婦女，十八歲嫁入夫家，一切少女情詩築夢瞬間幻滅。晨昇的畦地撐秧，落日的衣食張籌，她沒有自我，緊牢牢的翻嚼母親臨門一句「吃人飯、給人喚。」這半輩子緘默的固守夫家片瓦。

三十六歲那年，唯一的孩子結夥恐嚇，讓她差點失去活下的意義；現在和自己共枕多年的親伴又隨時拋下沉重肩擔自由的雲遊去了，她已幾盡愚昧的癱婪，無倚所恃的幻痴，有誰點盞心燈救助無帆的孤舟。

她不敢說話的啞口杵著，霎時，心頭湧上一道慌亂，像潮水般的嗤滅心索，她心悸的顫抖，這可不能開玩笑耶，你們怎麼可以這樣仲介我。

不行，這個地方不能久留，我必須言明告訴你們，然後迅速離開，俞正浩你可別破壞我逐漸對你的信賴，這可受不了。

俞正浩羞愧的將母親移開，男兒有淚不輕彈的珠粒卻在眶窟裡沸騰，他知道這不明智的舉動會嚇壞艾華，況且父親正躺在床舖上和死神搏鬥，而母子倆卻堂而皇之的站在庭簷下逼迫人家成就父親闔眼前的一抹淺笑。

拉了艾華向庭外而去，他不能和母親無理取鬧。戳破的傷口尚未癒合，怎可又在同處撒鹽。當初只是一種年輕好勝的狂痴，強攫的得到獵物把玩，現在獵物已經解除防備戒心時，你怎忍心再將牠殺了，然後下嚥的以逞口腹之慾。

清靈的眼眸泛起淚光，絹秀的臉頰烙印辣燙。她知道現在俞正浩是何等痛苦難堪，沒有兄弟姐妹互商及親朋好友的慰藉安撫，他自己必須承擔未來所有的沉重負荷。

將手攀附在老榕樹的枝幹，撇過頭的噙住淚臉，他心虛的不敢去面對艾華映顏靈眸。近來日子將他磨碎的不成人形，再這樣下去絕對會崩潰的，這個家也告瓦解。

輕柔低語的喚醒倦容滿腮的他，兩人低俯的步回俞家，路上都沒有言語。

「艾華。」微挑深眸，淡然的口吻：「等一下就送妳去車站，該回去台南了。」儘量擠出一點笑顏，仍能看出心緒不寧的表情。

「你要堅強點，這個家需要你撐下去，俞媽媽已經夠慑憐了，別再頂撞她。」肺腑真言由心底激發反應出一種互惜，相信任何人都會撫心嘆然：「有事情打電話給我。」真摯的情誼喚使。

跨過長廊，並沒見到母親蹤影，躍上玄關，鞋櫃旁有一隻落單的脫鞋。他惶恐丟下艾華直奔父親臥室，這是一種折磨的隱痛，母親不會在這個時候外出，忽地一股抽剝的糾核壓迫著神經猝斥。

懾動的父親正扣緊床沿挪移，他極力將身體滑離床榻，凹陷的墨邃眼眸抖出顆顆汗顏，他沒有出聲的仰頸嘶喊，似乎正在尋找快被淹沒的緬懷。

這種夢魘的怯懼由背脊涼透心脾，他不敢奢望能冷靜思考，一股腦兒的向門外直衝，驀然整個空間凝息而沉默凍結。他眺了艾華一眼，黑烱烱的眼眸埋不出思緒，波動的情索頓時不知所措，提著沉負嗓音希冀她好好照顧父親，一個脫失的步伐躍過門檻劃出。

他必須儘快攔阻悲情發生，母親沒有預知的消失這是多麼可怕的演出。急迫由庭院至埕外的嘶聲吶喊，內心愧疚的低呼「媽媽」。

他在街道狂奔，在巷口攀附搜尋。聞聲的左鄰右舍也加入尋找隊伍，他們大略的彙整出可能路線，然後兵分多路的地毯式巡查，群眾中有人嘆息，也有不甘，他已無心去理會所有音意總和，只是拼命鑽梭任何一條可行胡同。一個父親已經將他折磨的不成人樣，假若母親也撒手而去，那他……。頓時嚇出一身冷汗，整個身體撕裂的濤狂湧出，不，不能再繼續冥想「不會的，不會的。」他大聲嘹亮的吼嚷，讓聲音壓瞞沉腑的惶恐。

「在這裡，在草寮。」驚慌中帶有肯定語調：「阿浩啊，你媽在這兒。」塵囂沸沸的田堤寮旁，有人半摀著嘴唇吶喊。

俞正浩半跑半跳的跨越埂岸，一個踐踏的不實，整個人如同相撲般的摔離絆倒；驚覺的快速站起，沒有多餘時間去呼吁痛傷，「娘親」就在眼前，他得儘速出現在母親面前，除了讓自己心安之外，撫慰母親的徬徨更是重要。

這是自家瓜地，田畦中搭個草棚，裡面放些鋤頭、畚箕。母親悲怯的倚癱在門內，緊咬雙唇的阻斷嚎啕啜聲，乾澀眼神呆滯泛然，身軀乏力的顫抖。緊緊箝住她無溫的雙手，母子沒有相擁撫背，只是面面相覷，黯沉的勾勒而已。

不敢回眸思量愛和同情的罣礙，一股強烈灼愛侵蝕柔嫩芳心，致使她無能為力去拉開藩蘺，然後愉悅的奔馳草原。

俞父真的在艾華披上頭紗那刻含淚而去，這是熾烈的熱淚，這是全世界為人父母的共同心切。

一場誤會一場夢，是不該來的偏偏遇上，為什麼要一時心軟的栽下頭去。完了，一切都完了，捫心自問要如何向大姐、二姐解釋，即使她們了解我的立場去同情俞正浩苦難，那澎湖的父母及家鄉的叔伯們甘會原諒我嗎？

哭。

失衡脫序的低吟，不知何時淚已溼染了整片腮際。坐在梳妝台前看著由鏡面中倒映出的自己，雖然未添粉琢，嫣紅雙頰仍透晰出嫵媚眸光，卻也難掩一副悲切苦澀。

門扇被輕輕推開，她知道背後這個影廓將是要和自己共枕同眠、一生伴隨的人。沒有即時回頭，只是惦量著往後日子怎麼過，她，已算是離家出走的逃犯了。

輕緩將手攀附在她粉肩上，用強烈唇舌低囁耳腮，每一道吐息都溫熱的散佈在她細緻肌膚上。她本能的拱起身子，胸前曲線隨著呼吸急促不斷扣動，揚起柔眸瞅住他，被浸濡的櫻唇迎合汲取。他雙手支起纖細的柳腰，用熾燒眼神眺著。

體腹的火苗漲起慾焰，胸膛的震浮無法箝住，手掌尋著衣角探入，淺嚐在她腴胸上搓揉。

輕吟的喘吁讓潮紅臉頰垂的更低，迷離表情配合著他的游移嬌羞粉腮迅速酡紅，身體無法抵住的逗弄，胸前蓓蕾更顯俏然挺立。內心漸次的酥麻，快感湛入四肢骨骸，她嬌柔的埋首在他懷裡，任由他將身上衣襟撤離。

裸裎上身敞開在他眼前，狂顛慾感加速心扉的跳動，輕移的將她抱上床榻，唇齒仍緊緊吸吮蕾芯，手指慢慢滑過肚臍，順沿裙擺至大腿底端，然後再撥繞著白皙玉膚上飄，寸寸侵入溫潤核心。她嬌喘的低呼微微挪移身體的抖動，羞怯的側過臉，雙手緊緊扣牢床幔。

愛撫及舔吻雪白玉腿，硬挺挺的骨指揚上逞兇，他激烈喘息而一個翻身，撩上裙擺至蕾芯上，兩指迅速勾退丁點包覆，慾火焚身的圓瞅瞅眼神偋息凝住粉嫩核陰，一股作氣的向下深探。她下體馬上感受到溫熱飽和，不覺弓起身子，兩腿盤膝箝住他的腰際，熱烈烈迎合一上一下的波瀾。

俯在豐盈酥胸上未動，雙手勾起她的粉頸親吻，靜靜聆聽她氣喘淫聲。他還不肯抽離滯留在秘道內的肉指，正如同一隻汲飽蕊粉而捧腹歇息的大黃蜂，嗤牙之後，又會鼓翅攀附的再次噬盡整朵花卉。

激情過後的歡愉，他將絲被墊凸在床頭櫃前，赤條條身子直挺挺的弓豎著，她則側過身子的埋首在肩腋下，緋紅腮頰仍餘溫辣燙，額上汗淋漓滿整個粉嫩臉龐。

父親百日喪期屆滿，一切該恢復正常的總得提振精神，俞正浩近來早出晚歸的四處打零工，只為身上扛著前科戒條到處受到排擠，甚至當面被譏斥的顏面盡失。他將全部穢言盡往肚內吞，因為家裡尚有孤寡老母及一個甘願拋去青春揹負離家惡女罪名的童艾華，他不得不忍氣吞聲的承受外力批判，只為他們都需要活著。

「正浩。」在廚房洗碗，對隔著浴室板門內的丈夫言道：「工作有著落嗎。」輕言探索，她不敢太過直率的詢問，因為相同的關愛，已經超過三十次了。

「沒有。」浴室內停下沖水聲音：「最近和幾個朋友在西螺鎮幫人家搭鐵皮屋。」話落，又聽見蓮蓬頭快速沖涮淋地的響聲。

「喔！」繼續洗滌碗筷，一切顯現寂寥空泛，似乎有種詭異氣氛籠罩。

俞正浩工作一直不順，生活壓力加上朋友之間互染惡習，他又開始抽菸、喝酒、啃檳榔。沒有制止，她不願意在這個時候去影響到他的情緒，嫻淑扮好做為一個人妻、人婦的角色，說實在的她也沒有本錢去和他爭吵，因為她是一個逃犯，一隻迷失在叢林中的小白兔。

婆婆是一位寡言的中年婦人，自從丈夫撒手人寰後，將所有時間放在瓜田地裡，她努力做好本身工作之外，另加平時老伴的份量也一手包攬。有人勸她別這樣的賣命，會累壞身子，而她總是略略唇舌搖頭，或許她是用工作來麻痺失去丈夫的不捨及孤寂。

艾華在家裡悶的慌，趁著剛新婚不久且尚無喜訊當兒，也到外面找份工作，多少可貼補家用。她將這個構想告知正浩，而他也只能點頭同意，並在離家不遠的超商謀得一份店員工作。

因為工作班次的關係，艾華有時晚上九點鐘才下班。俞正浩常常感覺無聊，偶爾到廟口和人下棋，起初只是玩玩而已，沒想到後來竟然下了賭注，一晚也能輸掉幾仟塊錢。經濟萎靡的入不敷出更顯現出家庭氣氛的陰霾，他酗酒，甚至酒酣耳熱之際會仰頭長嘯的嘶吼，為什麼社會對他如此不公，將他排擠的無立足之地。哭喪臉的在自家門口埕內撕扯，他忌憚有錢人家的臭擺架式，痛恨開公司老板的高傲鄙夷，捶胸頓足的指責上天為什麼要如此苛待他。

內心撕裂痛挨只能隱藏的不漏痕跡，她逆來順受擔負丈夫宿醉後的痴昧，澎湖來的查某囝呀，自娘胎開始就持有堅毅不屈的韌性，無怨無悔支撐起家計核心，所有不平怨嘆統統深埋內心腹底，雖然俞正浩有時在借酒裝瘋當中故意謾罵、羞辱，甚至動手推倒她。一切不平待遇並未激怒她的堅貞，古人所說「嫁雞隨雞」諺語，現在正是考驗她的時候，所以無怨無悔去承受任何坎坷待遇，因為「愛」和「同情」宰殺了她的魂魄，即使是無殼也要熬著過日。

在下班途中用最快方式到黃昏市場買了菜回家。因為他這陣子閒賦在家，不是喝酒就是到廟口賭錢，把自己搞的一團糟，每天行屍走肉般殘喘溺活。

下了車看見客廳內有幾個人鬧哄哄的高談濶論，瞧俞正浩也興高彩烈的比手劃腳，不知道這些酒肉朋友又在研究些什麼名堂，反正一定不會是好事的。她淺露微唇的點頭招呼便往廚房進入，她得儘快將晚餐弄好，婆婆田裡回來後方可用飯。

她沒有理會客廳裡的人群，也沒心思去聆聽他們在說些什麼，反正那批人看起來就不是什麼好東西，只不過是一羣狐朋狗黨罷了。

「艾華。」從背後傳來他的聲音，語調中帶有濃烈的強悍：「我找到工作了。」靠近身側，雙手微顫的覆上粉肩，順手幫她將垂落在胸前的長髮撥到耳後。

「什麼工作。」沒有回頭，也沒撥開他搭在肩上的手，繼續炒著鍋中菜餚。這個菜她太熟了，一星期至少總得下鍋四次，因為這是黃昏市場內最便宜的菜了。

「理容院。」不加思索的答道：「幾個朋友在台中開店，想請我過去幫忙。」收回搭在肩上的手，轉身坐在餐椅上，順手擰了一條剛剛酥過油的香腸放入口中。

「好嗎？」盛起鍋中的菜，反身將盤子放在桌上：「那個不是在做『色情』的嗎。」卸下套在胸前圍裙，她輕聲細語的問著。

「我只是在門口招呼客人和泊車。」站起身，揚翹著厚實雙唇，一雙好久不曾展露的黑烱濃湄強而有力的發出閃光直逼她雪亮明眸。

「不想再考慮看看。」她還是有些擔憂，微微的皺起眉來：「警察不是會取締嗎！」試著探探口氣，她也不敢篤定的堅決反對。

「一個月五萬塊，真的沒地方找。」失業的潦倒，他嚇怕了：「還有四天假，我可以回來看妳。」

她沒有再說話，這半年來的嘔心瀝血已經受夠了，他能走出去不也是件好事嗎，總比每天拗在家裡怨天尤人好多了。

晚餐，他把到台中工作的事情向母親報告，也得到母親首肯，雖然不是什麼正當職業，總比耗在家裡吃閒飯好。

「阿華。」婆婆等著正浩離開餐桌後開口：「妳在避孕嗎？怎麼結婚那麼久還沒有懷孕呢。」她直接了當詢問。

「媽。」頓了一下，有些不好意思啟口：「沒有啊，一直都沒有避過孕。」有點慌，婆婆已經在催促孩子的事。

對呀！她思索著結婚已經半年多了，為什麼一直沒有喜訊呢！每次的溫存均能完全釋放更滿意的達到高潮，那怎麼會這樣呢，難道自己有問題。

這一夜，儘量不去思考這個問題，沐浴後在身上點灑了香水，姣好的身材僅着件薄如蟬翼的睡衣，她帶著一絲挑逗意味出現在房內。躺在床上憨瞪天花板的俞正浩瞅了一眼，迅速翻身躍起，眼中燃燒着火焰；他扯下睡衣讓晶瑩剔透的肌膚和曲線勻稱的胴體赤裸裸的呈現在眼前。她嬌嗔的蜷伏在懷裡，揚起豐潤菱唇輕巧的將舌滑入他口中，主動去撩撥潛藏在內心深處的情操。

俞正浩離開雲林到台中的理容院上班，下午兩點營業到隔日清晨六點，雖然時間很長，但老板將他當作心腹，一切行動不受拘泥，可以隨時離開工作場所，且把店裡大小事情全權交由他處理。

他以大哥或經理身份在理容院內掌舵，新進人員或上班小姐都由他面試後才可正式上班。整個公司經營方針在他全心全力管理下，可用日進斗金來形容業績的飆揚，好兄弟老板更是讚賞有加的豎起拇指。

工作順利的步上軌道，每個月兩次回崙背家裡和艾華相聚，瞧他束裝便服仍英姿俏挺的模樣，她心底泛起一團溫熱，總算可以平撫他先前的怨天尤人氣怨，她也可以免去擔心受怕的日子。

雖然不用替丈夫的工作感到不安，但只要他一回台中，婆婆又三番兩次的勾起煩憂。醫院也去了好幾趟，每次檢查結果都是「正常」，然後醫生總會叮嚀著下次帶妳先生一起來檢查。

不敢啟齒，不知要用什麼方式去向正浩稟明，再者說服他到醫院做精子培養分析。這個難題一直困擾著讓她工作中恍神，下班途中和人擦撞。她開始有點兒怕回家，怕面對咧嘴挑眉的婆婆，一樣的題目，相同的口吻，然後問完話，掉頭就走。

俞正浩最近總是假借公司工作繁忙，常常三、四個月不回家，給了電話也是推三阻四的支吾搪塞。她靜靜的守候，不願多作不必要的揣測，她已嗅出自己是個不再受寵的嬪妃。

紫依——一位丰姿綽約的上班女郎，身材曼妙翹臀，聲音溫柔如絲；再配上潔白無瑕唇齒及一雙消魂修長玉腿，讓人在觸目之間總有一股衝動遐想。她一到公司上班就受到客人青睞及俞正浩的特別關愛，也因如此她總會在和他擦身而過之際拋下無法抗拒的美媚。

「經理再見。」在門口，紫依輕揮著玉手向俞正浩拋出響亮飛吻。

「慢走。」目送她緩步下了騎樓。

瞧她一身束腰連身黑絨洋裝，窄窄的將她盈胸、美臀包裹的曲線玲瓏，他愣傻的痴醉著。

看著計程車將她快速載離視線，久久才喚回蜷伏的勾動。店裡鶯鶯燕燕的小姐超過三十人，唯有紫依才能讓他如此心蕩神迷。

中秋節前一天公司在「海上皇宮」酒店辦了派對，店裡所有小弟及小姐全部都向俞正浩敬酒，因為他是店裡總管也是幕後老板倚重的核心人物，所以大家套套交情和攀些關係。

因為氣氛融洽，所以宴席很晚才結束。一踏出酒店門口已見幾位小姐捧腹嘔吐，其中就有公司最紅牌也是俞正浩欣悅的紫依。瞧她一手攀扶樓梯一手按住下腹，步履略帶輕浮的跨步下梯，俞正浩馬上趨前攙扶且堅持送她回家。

「紫依。」開了門，他幾乎用抱的方式將她放在沙發椅上：「妳行不行呀！」蹲下身把她垂落在地上的小腿扶上。

「行……。」嗲聲言道。瞧她緊閉雙眸的蜷伏在沙發上，就知道她真的宿醉。

「需要我留下來陪妳嗎？！」看她醉的如此不省人事，現在就離開似乎太不近人情，除了她是公司的小姐之外，本來對她就有種特殊的傾心。

「浩哥。」轉過身，手臂向外一甩，正巧將桌几上的茶杯打翻。

俞正浩彎下腰去撿拾掉落茶杯，眼光直覺的回眸探索，「哇」，原本醉濛濛的深邃眼神更添血絲，紫依胸前領口露出豐挺乳溝及一對隱隱乍現的白皙柔胸。別過頭，強忍住快要爆裂的蠕動，迅速衝進浴室用水將炙熱的熾燒澆熄。

必須克制奔騰情慾，她只不過是一個風塵女子罷了，不能和她談情說愛，況且又是公司裡的小姐，事情若傳出去，那他這個經理怎麼當呀，再說雲林老家還有個童艾華。

喚了幾聲紫依，但她卻完全沒有意識，只是偶爾發出幾句呢喃。瞧她這副模樣怎可拋下不管，「啊！」嘆口氣，雙手將她攔腰抱起，衣衫平履的放在床鋪，為她覆上絲被。

低視手中腕錶，時間已接近凌晨兩點，佇在門口思眸，是該回去呢！還是陪她至天明。心靈的搧動和理智拉距，他留了下來。自己對心腑承諾，留下是基於同事間的情誼罷了。

一夜折騰及自己也乾了不少酒，俞正浩很快就在客廳沙發椅上沉睡。他心安自己並沒有因酒酣而失去理智，卻又能以大哥或公司主管身份守護員工安全，所以睡的很坦然，睡的很熟稔。

「浩哥。」這是紫依低盼輕語喚呼：「起來囉。」站在伸手即可攀附的尺度位置，她楚楚的立著。

「喔！」聽到一種如蟬鳴似貓叫的溫柔絲語，他睜開略帶苦澀的深眸用微弱視線瞥向她。

用力撐開掩蓋雙眼的濃眉，「嘖。」攤在視線最短矩離的紫依，一張明艷絕色瓜子臉蛋配上盈盈欲訴的秋眸，肩上披附薄絲透裡的黑色睡衣，一對呼之欲出的豐嫩酥胸白皙映紅頂滿絲綢，纖細柳腰下方映入眼簾的是一雙清澈到可以耀人美腿，她輕燕燕的叉腰視著。

這般撩人姿儀身體馬上全部快速串連，氣焰高漲的熾燒遠比宿酒失緒的癱然更加強烈。挑動一雙濃密的大眼，內心掙扎的嘀咕著，我已無法按捺溫柔的潮弄，硬壓一夜的骨指已鑽出頭角四處流竄，它們聯手向中樞神經抗衡準備揮軍進攻，不管烽火後的殘局如何撻伐，總不能不戰先敗呀！

一個起身跨步，兩隻漲浮青筋的汗漓雙手似緊又柔的鉗住她皙白粉頸，整個寬闊胸膛結實有力的抵住如棉腴峯。

她泛起姿意的笑靨，雪亮明眸閃爍著專注嬌怯，艷似玫瑰的緋紅腮際更添絲絲誘人魅力，閉上雙眼的仰起嫵媚唇瓣，舒靜等待他溫潤滏染。

印上熊唇，用幾盡瘋狂的啃噬，他要快速澆息烈火中燒的枯槁。強摟的將她捱擠至牆角，攔腰撐起已經酥濡的無瑕胴體，不用調情、無需蜜語，放出飢渴的獵犬，又深又牢的撕裂。

「哦。」喘吁不停的紫依，雙腳騰空挾緊他的腰身，兩手勾牢脖子，胸前蓓蕾隨著激情撞擊上上下下的飄動。

「紫依。」抱起蠻腰移步至沙發，低沉的在耳際旁嘶吼：「紫依……。」重複吶喊她的名字。

「浩哥。」嬌羞的微睜秋眸，一廂激情又不失粗略交纏，讓她氣喘不休的抿嘴咧笑。

「……。」

風雨過後總該寧靜放晴，一陣溫存廝磨不捨也得因上班時間牽索暫且放手。俞正浩在她額上輕柔囁吮，然後扮了一下鬼臉，滿意的起身站起。

紫依。抓起扯落在地上的睡衣掩住半截三點，拋下餘溫迴盪的秋眸，赤足輕履的消失在他攫掠範圍內。

迅速整理自己亮開的衣物，不用痴情等著向她道別，他必須先行離開，公司門鎖還要他的晶片卡和指紋。對著浴室門板輕叩，轉身抓起桌上鑰匙，「哇噻。」頓了，雙手去按住不停晃搖的腦袋，原本已經夠茫然痴迷的眼神再添錯愕。「怎麼會這樣！」不願去証實結果，為什麼沙發椅上卻偏偏留下斑點血漬。

情感這種事但憑任何人都無法捉摸或抵抗，紫依這個名字旋風式的在公司奠定地位，她馬上成了最新大班媽媽桑，公司內所有上班小姐的舉牌掛單全由她一人掌管，並且得稱一聲「浩嫂。」

兩人正式同居，紫依也不再拿牌接客，雖然理容院內並不從事「性」服務工作，但俞正浩總看不慣客人對紫依的毛手毛腳，所以在初夜落紅當兒就把她擁入自己的臂膀，任何人別再想動她一根香毛。

佔有慾及紫依的百順貼服，他已經乾淨忘卻家鄉故里的糟糠之妻。間隔兩個月才滙錢一次，而艾華也只能在入帳當天簡短的聽到他平復靜水般幾句問候而已，他和她正在疏形漸遠迅速瓦解。

「正浩。」還溫存在臂彎裡的紫依，嗲聲著：「我人有點不舒服，今天不想去上班耶。」抬起溫唇，輕輕的在他胸膛上親吻。

「我載妳去看醫生。」將絲被墊高的靠在床頭，點上香菸，揚起頭額讓朵朵煙圈在房間裡上飄。

「別抽菸。」摀住嘴巴，翻身衝進浴室將頭低盼在馬桶上，雙手按住胸口作嘔。

「喂！怎麼啦，跟真的一樣。」摀熄香菸，對著趴在馬桶上的紫依糗著。

「完了，完了。」緩緩站起，用毛巾拭了唇邊酸水：「我看八成有孩子了。」撲回床上，雙手雙腳的打開成一個大字型，微皺眉頭的緊閉雙眼。

「……。」又點了香菸，這下愣了。是該高興當爸爸呢，還是儘快消滅這個不識實務的傢伙。

「親……哥哥。」有點慵懶的挑逗：「你看怎麼辦。」側身用赤裸下體去磨蹭他的臂瓣，雙手纏過腰際順式延伸去把玩那條躲在腹腔內的小東西。

「生下來。」不再思考，狠狠的嗆道：「孩子是我的，當然要生下來。」轉過身，盯住二十三吋腰身的紫依，雖然肚子內擁有尚未確定孩子雛形，他已小心翼翼的低頭側耳聆聽。

「那你老婆怎麼辦。」臉上沒有任何表情。

「啊……。」嘆了一口長氣：「離婚。」起身穿回褲子，任何傷腦筋的事慢慢再想辦法，先開店做生意吧。

沒有再說話，她愣然了，是該慶幸自己存在的地位呢，還是去同情那個不曾謀面的俞太太。

在車上，在店裡，一整天的晃神晃腦他該怎麼啟齒去向艾華開口。一個純樸姑娘被他玷污，然後在他最徬徨無助時候伸出援手，接著父親闔眼之際不加思慮的委身於他，現在卻沒有理由的要休掉她，這未免太殘忍了吧，「喂，喂，俞正浩你不覺得太無情了嗎！」捫心自問，可以這樣子嗎，可以船過水無痕的拋棄舊愛，然後溫存在新歡懷裡。

不。紫依已經懷有俞家骨肉，自己又是單傳，況且艾華一直沒有身孕，或許她根本不能生育，如果是這樣那俞家斷了後，這不是更對不起九泉之下的爸爸和列祖列宗。自從知道紫依有孕開始到隔日的清晨下班之中，不曾停頓的苦思這個棘手問題，是該找個時間回家好好跟艾華溝通，即使不願真分手也得假辦離婚好讓孩子順利姓『俞』。

醫院證實了紫依微凸隆起的肚皮是個女孩，雖然不能如願擁有男丁，但這女娃也是俞家骨肉，當然得儘快處理戶籍問題。

回去，必須面臨的總要有擔當去解決。拖，已經無法掩藏事實真相，但求艾華能體諒。媽媽不也急著要孫子嗎，相信她能接受並讓紫依明正言順的成為俞家媳婦。

知會幕後老板而將理容院大小事情全部交由紫依代理，揹負一顆愧疚的心，拖著蹣跚步履踏入這個好陌生的家。離家的最近半年，在外所發生的事情一一向母親稟明，並求得原諒。

俞母很快就被三言兩語的順利安撫下來，接著他們母子倆低聲竊語的謀略怎樣應付艾華。「可憐喔！」這個背棄父母寧願跟隨受苦的傻女孩，接下來命運可坎坷囉。

傍晚，艾華下了班，雖然俞正浩不在，她仍舊繞路去了黃昏市場，簡單的挑了兩樣菜和一條虱目魚準備回家做晚飯。這一陣子和婆婆吃飯已經由先前的關切詢問到現在的不聞不問，除了艾華一直沒有懷孕外，自己兒子也沒回來。所以飯桌上的婆媳對話少之又少，有時艾華得三催四哄的溫柔撫慰婆婆才肯勉強和她用餐。吃飯時總嫌她的菜不好，魚不新鮮；晚飯扒個半碗，桌上一扔，掉頭就往房間內走，留下含淚欲滴的小媳婦。

不敢說話，沒有怨言，這是她選擇的路，好壞得自己去承擔。婆婆不理她，丈夫不回家，這種苦不堪言的暗淡日子還要過多久，她害怕去思量，她還沒找到應付良策。每天怗ㄍㄧㄥ著笑容去迎合婆婆，傷心只能是蜷在被子裡的事，她沒有權利和大家大聲吆喝為什麼要這樣待我，難道我做錯了嗎，沒有生小孩是我自己一個人的錯嗎，何況醫生證明我是正常的，錯不在我呀。

在門口埕內將機車停妥，擰起車前菜籃內的魚和菜，通常是直接往側邊的廚房進入，因為客廳裡不會有人，婆婆一定在房間裡等著她叫吃飯。奇怪，今晚客廳怎麼燈火通明，她瞄了一眼，「耶。」是婆婆和正浩，再上前兩步「哇。」真是正浩回來了。她高興的用半跑方式躍上玄關，臉頰迅速緋紅，心坎裡正撲通的震浮著，半年了，半年未見的丈夫正出現在眼前，那種欣喜和渴望讓她茫然。

「正浩。」輕喚他的名字，語音中那股祈盼，那種久旱逢甘霖的滋味泛上腮頰，她思睬著眼前幾步距離遠的這個男人，他變帥了，變酷了，變得讓她好傾慕：「什麼時候回來，怎麼不先打電話，我沒買你的菜耶。」她殷切瞅視，有好多話要問，有更多思念要表達。

「不用。」冷冷應道：「艾華，我有話跟妳說。」站起身去接過她手上的菜。

「什麼事，等一下再說，你們都餓了吧。」轉身準備往廚房做菜。

「艾華。」提高聲調吼嚷：「聽我把話說完。」脖子漲浮了幾條青筋，腮頰泛出點點汗滴，兩顆深邃眼神增添一道愁思，雙手緊緊扣住艾華手上的菜。

「好。」傻了，怎麼半年不見，他變得如此讓人心驚膽怯。

「我認識一個女孩子叫紫依，她對我很好，而這半年來都是她在照顧我的生活起居。」看了一動也不動的艾華：「紫依已經有我的孩子。」沒有繼續往下說。

她一直沒有答腔，手上菜籃鬆軟的掉在地上，身體往後靠在大廳門板上，咬住下唇，兩顆圓瞅瞅眼睛凝視著俞正浩，胃開始扭曲翻騰，神經抽搐的讓她臉色瞬間慘白，硬撐雙腿的不讓它輕浮，俞……正……浩……。

「妳跟阿浩離婚，我的孫子才能有身份的進來俞家。」俞母不客氣的指著艾華臉龐，用一種不答應也不行的命令口吻。

「我知道這樣對妳不公平，但紫依懷孕已是事實，總不能讓我的孩子流落街頭。」懇求的低咆。

沒有大聲哭嚷及搖頭甩腦，慢慢奠穩快崩潰的支架，雙手儘量去攙扶門板上的鎖扣。完了，一切還在預估之中，沒想到這麼快就降臨。天呀！為什麼要一次又一次的折煞我，難道不能稍稍放手的讓我平庸過一生嗎？真的，我要求不多，只要給我丈夫給我孩子，其他的都可以不要，因為我已是退無去路的孃娘。

「俞。正。浩。」一個字一個字的叫喚：「為什麼這樣對我。」撂下話，勉強扣住奪眶熱淚，轉身向晦暗門口埕外逃奔。

是不該躲的，為什麼又要逃呢！是俞家對不起我，不是我做錯什麼！離去，是因為受不了俞正浩那股強壓式的佔有，還有婆婆斬釘截鐵的逼宮架式，非置於死地不可。

怎麼辦！這個家不再屬於我童艾華的棲息之地，它已經換了新主人，而新主人又帶著最好禮物站上后座。雖然一開始並沒有雀悅自己是受寵臣妃，但現在就連最卑微的奴婢身份也被剝奪。

恍，在漫無思索的街道上熬步，該去哪裡呢！有什麼地方可暫躲悲切繞腸的注腳，有誰願意收留這個剛剛被趕出家門的小女人。對了，高雄的大姐、二姐她們會憐惜我的，她們會保護我，然後狠狠的臭罵俞正浩這個痞子，這個忘恩負義的壞傢伙。不，這個時候怎麼回去，我還有臉再踏上家門嗎？當初不顧一切的攔阻勸言，挺著豪爽女俠氣魄以寧死也坦然的抑首姿態吶言，現在可以回去嗎，她們會收留我嗎？

拭去快乾涸的頰上淚痕，買了一張最遠的北上車票，暫且不管下車後去哪裡，但現在總可以好好睡它一覺，要哭也得等睡醒後再說。

四小時的快速行駛雖然不能滿足她長眠不願醒，但至少蜷首在椅背上熱淚的揮灑和低咽啜泣不至被人觀瞻。下了車，她有點怕又有些惶恐，大台北的都會區平時只能在電視螢幕上看到，現在自己卻實實紮紮的踩著，它沒有想像中的那樣美，而且還欠著一份濃稠的家鄉味。

由火車站前沿著忠孝西路步行，過了忠孝橋至三重，這個人生地不熟的地方是哪裡，汲汲唇舌邊的稠液，肚子已經餓的發慌，從中午到現在至少超過十小時的煎熬，一粒米飯和湯水都未入喉，這未免也太虐待自己的腸腑了吧！去找個可以填飽肚子的地方，即使是撐死也心甘情願。

「小姐。」漆黑巷口有人發出淫穢曖昧聲音：「等一下。」聲音方向有一個年紀大約五十歲左右男子緩緩靠近。

「先生，有事嗎！」停下步伐，等著那個人走近她的面前。

「不錯嘛！」瞅住她的臉，身體漸漸倚侍過去，幾乎可以碰到她的胸部：「跑單幫的哦，多少？」他直接了當的問。

「什麼多少錢。」疑惑的對話，還有那個男人的逼近讓她迅速退後兩步。

「嘜假啦。」再趨前惦量著她的身軀：「三仟。」

「先生你搞錯了，我只是路過這裡而已。」害怕的再後退幾步，她開始意識到那個人可能把她當作流鶯。話一說完拔腿就跑，向著燈光明亮的大馬路狂奔，管它有沒有車子，即使車子剛好經過而被輾死也算解脫。

撫住心狂亂跳的胸脯，還好沒被糾纏，如果不是快速警覺反應，若讓那男子揪住，後果可不堪設想。心還在震盪惶恐，雙腳已經僵硬的難受痛哀，抬頭看看四周騎樓招牌和人群熙攘，這是一條夜市街嘛！「哦，我知道了，這和台南的三角立啊一樣」。一顆喘呼呼的心才緩緩稍安，用手撥了額上汗珠，又發現早已飢腸轆轆，不去吃點東西真會掛掉。

叫了一份快餐，用最快方式將它扒光，然後才停下雙手齊飛的刀叉，慢慢吸著杯中冷飲。「啊……。」長這麼大，第一次這麼狼吞虎嚥而且還是在台北呢！用眼尾眸光挑挑四周「哇」，竟然發現鄰桌四方的客人正用著一種觀戲眼光凝視。

壓低好糗好糗的頭，儘快到櫃台付帳，太恐怖了吧，難道你們台北人都這樣看人吃飯的嗎？

「小姐，多少錢。」對著收銀台小姐輕言，馬上又將頭低俯下來。

「一百六十塊，謝謝。」櫃台內的小妹也用同樣好奇眼光專注：「收妳二百。」接過她手上的二張百元鈔票。

要回找零的四十元，好想現在能長翅膀的飛出去，怎麼整間店內所有客人包括櫃台小姐都如此覬覦，我又不是沒付錢，即使你們笑我吃飯難看，那也吃飽了呀，笑也笑夠了吧。

「小姐。」有人在她背後叫住。

又是男人聲音，很討厭耶，怎麼會有那麼多無聊男子專門在背後喊「小姐」。不過沒關係，現在人很多我不怕你。

「叫我嗎？」驚鴻一瞥，先定了自己的心。看清那人臉孔，不錯嘛，很俊秀的年輕帥哥。

「請問小姐哪裡人。」有禮貌的詢問，但又怕自己問的突然，連自己也漲紅滿腮。

「有事嗎！」心裡泛嘀咕著，台北怎麼年輕人和老人都一樣，我可要防備點，你們都不會安好心眼。

「聽妳的口音，好像是澎湖人。」溫馴口吻中有種讓人放心的感覺。

「你怎麼知道。」抬起微弱倦眸瞄了一眼，迅速又將頭額低下，「喂，喂。」這個人好面熟呀，似曾相識，不知在哪兒見過。

「妳是童艾華。」篤定下了注語，正是睽違已久的同鄉同學。

對了，這個聲音我記得，我知道你是誰，你不正是我高中的傾慕偶像──「范家祥。」艾華因自己一副灰頭土臉垢面，迅速染紅腮際。

眼前這個穿著深藍色襯衫，中分髮絲梳理的整齊不紊，明眸略顯冷傲的目光叫人有股想親近又不敢太嬌的大男孩確實是范家祥，這個似有情又無緣的初竇戀人怎麼會在這兒再見面。

帶她到租屋處將臉上灰垢洗淨，然後載她去了觀光夜市商圈為她添了一件粉藕色襯衣、窄裙和內衣褲，她是需要好好的沐浴更衣。范家祥一路思疑為什麼她會變得如此不堪，當年活潑嬌媚樣子怎不見了呢？是誰捨得如此的折騰她、撕裂她，甚至推她墮入萬劫不復的深淵。

「你一個人住在這裡呀？！」如釋重負的坐在床沿，她看了房內空間，除了床還有一個小小客廳。

「是呀！單身一個人，有這種套房可住已經很不錯了。」為她遞上果汁，同時也在她的對面椅子上坐下：「喝一點吧，然後好好洗一個熱澡，看妳好像很累。」殷切的呵著，似乎有好多的話要問，又止了回去。

沉默的坐在原點不動，腦筋一片空白，怎麼她會出現在台北，難道她也在台北工作嗎？不，不可能，假如真住在台北，那也不至將自己弄的這麼糟，甚至跟他回來。「哎！？」跳了起來，會是被賣入火坑而逃出來的可憐小女人嗎？甩甩腦，雙手相互抱拳捶打，不會是這樣的遭遇吧，如果是真的，那上天也太不眷顧她了。

浴室門開了，范家祥才從幻覺中回盼，剛剛模擬的幾個可能卻瞬間化無，眼前這個初見面還掛滿淚痕的灰姑娘怎麼如此撩人心窩，埋人情愫。她打著赤腳緩緩坐回剛剛位置，兩手還拿毛巾的拭著髮梢，唇裡輕輕發出低畔的歌聲。范家祥咧咧嘴淺笑，笑自己也太過多愁善感了，她不正是一隻快樂小天使嗎。

「范家祥，謝謝你。」站了起來將毛巾掛回浴室鐵竿上：「今晚要不是你，我可慘了。」從浴室轉身出來，順手輕輕拍了他的肩膀，言語中夾雜著點點哽咽。

「怎麼了。」將臉瞥向她，用黑睭睭眼眸探索：「到底發生什麼事，妳怎會單獨一人在街上閒逛，甚至有些難堪。」針對話心直接切入，必須好好了解一下事情原委，否則她會孤獨無助的繼續流浪。

「我被趕出來了。」頭往上揚，免得整串淚水滑落地上，用手摀住潺潺欲滴的鼻水，她顫抖的想哭。

「到底怎樣，能告訴我嗎？」勾動心靈的沉腑，撫藉香肩的不捨，將她慢慢扶上椅子。

「我先生外遇，甚至已經在外頭和其他女人有了孩子，在幾個小時之前，他和婆婆聯手將我驅逐，然後要讓那個女人正式入門。」鼻頭哽咽的止了她說下去聲帶，連忙將頭低了下來，免得和他正面相覷。

「別哭。」用深鎖眼神去制止她快潰堤的城堡：「可以再詳細描述嗎。」站起身，有些激動的想伸手去觸慰香肩，握了握拳頭，又將停在半空中的手扳回。

「好。」深吸了一口氣，順式將眼眶裡的成熟淚珠擠出：「畢業後到高雄工作，認識了一位還在當兵的男孩，結果在一次出遊意外中，我被另一個同行的朋友強暴了。為了抹去陰霾痛苦我逃到台南，半年時間讓我治療逐漸淡忘的傷痕，正在慶幸已經走出穢污殘夢當兒，偏偏又被陰魂不散的惡魔遇上。他表示了懺悔和負責，每天躲在我住屋附近保護我，關心我⋯⋯。」話沒有繼續向下闡述，緊閉雙眸的揚起頭兒，或許正在和腦神經商量可別再淚眼婆娑。

范家祥沒有任何表示動向，僅皺起微厚濃眉瞅視她的雙眼，靜靜等她把故事說完。雖然早知道結果是被迫離婚，但坎坷的命運捉弄過程，今天既然途中相遇，總有千百個不甘，也得給她咆哮吶喊的機會。

「後來我逃家嫁給他，婚後他根本無心痛改前非，仍舊酗酒、賭博、揮霍。後來被朋友邀到台中做理容院工作，結果一去就是半年不返，一回就是要和我離婚。」話落至此，淚已滿腮，她顫抖的靠在牆角，雙手扣牢衣襟，那種失神、木訥舉動真叫人心酸撲鼻。

別害怕，不管現在外頭有多大風暴，妳已進入這無浪的碼頭，雖然不能給妳重新的起帆，但最起碼我仍能暫且護妳停泊至風暴過去，或是永久倚纜。

「啊。」抽出幾張面紙，貼近的為她拭去雙行熱淚：「怎麼可以這樣對妳，這未免太過無情無義了吧，難道他的良知不會受到苛責嗎？」忿忿然的為她感到不平。

「謝謝。」接過為她拭淚的面紙，然後轉身往浴室內走，她要去好好洗把臉。

十分鐘的沉澱和消化，她換了一張不同臉孔出現，雖然眼眸略有絲絲紅腫，仍能瞧出她眉宇之間深烙的明艷，披肩亮麗長髮整束夾緊放在後肩。

目不暇給的注凝，立在眼前這座冰清雪亮的雕塑才是真正屬於童艾華本尊。微揚唇角，挑高俊彥的弧眉，入神的掠住她嬌羞柔眸。

「范家祥，我肚子好餓，真想吃東西耶。」輕翹菱唇，用一種撒嬌口吻嗲聲道。

「沒問題，想愛吃什麼請童公主明示，奴才為妳準備。」起身半蹲雙膝的作了揖，嘴角露出一股叫人迷思的淺笑。

「兩份筒仔米糕加四神湯。」她笑了，笑的有點媚。

「是，遵命。」抓起鑰匙：「請公主稍候。」迅速的往樓下飛奔。

范家祥的三十分消失，她自己清洗了衣服，同時也為他將衣櫃上的所有物品疊放整齊。男人嘛！雖然已經投入職場工作了，但屋內有些凌亂的擺示即可看出還是個大男孩模樣。以最俐落速度將房內擦拭一番，並有條不紊的把衣服掛齊、鞋子並列，廚房水槽內的交疊碗盤統統拭乾歸位，然後等他帶回豐餚宵夜。

大台北的夜不一樣就是不一樣，即使再深的暗暝只要你想到什麼需求都可以輕易買到，他很快的就讓她在桌几上嚐到了筒仔米糕加四神湯。

「要說謝謝嗎！」將一匙筒仔米糕往嘴裡送。

「不用。」專注的看她嚥了米糕，心稍寬些許：「幫忙整理房子要工錢嗎！」眼睛向四周掃視一番，露出白皙唇齒，舉起手向她比出一隻大拇指。

帥勁。」

「我又不是菲傭。」嘟嘟唇，微微瞇了眼睛：「喂，說說近況吧，還有高中時的那副

「我在外商貿易公司當助理。」簡略描述了一點工作狀況。

「不錯呀。」輕挑粉眉：「那高中的日子呢？」用期盼的眼神準備撩撥他的神秘面紗。

「沒什麼特別啊！」支吾的想岔開話題：「我替妳倒杯果汁吧。」轉身去打開冰箱。

「少來這套，快說。」拉住他的手，讓他乖乖又坐回原位。

「好吧。」假裝的順了喉嚨：「話說盤古開天以來……。」調皮的逗弄著，或許他不願再去勾勒過往雲煙，還是故意岔分話軸來撫藉她的酸楚。

「范家祥你太奸了。」提高嗓音的一字一字逼臨。

「真要聽。」收斂綻露的齒白，嚴峻的鎖緊眉宇。

「要。」看了他的臉頰，自己也嚇了一跳，本想放棄追根究問，但好奇心使然又讓她鼓足勇氣的下了最大注句，肯定的喊出「ＹＥＳ」。

「高一的下學期，一個星期六的午后，我向同學借了機車在學校後山產業道路上學飆，不知是我得意忘形的忘了控制車速，還是迎面而來的那輛轎車超越，我們撞了。」止了話，重重的嘆口氣。

「然後呢？！」她殷切的盼著，雙眸緊緊盯住他的眼神。

「車內那位小姐撞了擋風玻璃，整個額頭淌淌滴血。我呆愣的不知如何應付突來衝擊，一心想著向同學借來的機車壞了，小姐轎車也損了，而那位漂亮大姐姐受傷的還流著血……。」臉色迅速晦暗，似乎勾動心悸的重回現場。

事後那位年紀二十二、三歲的小姐並未遷怒他的不是，還幫他修了機車，卻只留下一祇印有「濃情ＫＴＶ」的名片給他。一切來的突然又一下子恢復平靜，讓他在短短時間內歷練了人生最大際遇。還好慶幸自己是一個幸運ＧＵＹ，否則這下包慘了，除了要賠錢之外，學校也不會放過他的。

一星期後的週六下午，他沒有搭船回家。撥了電話且按告之的地址到達她居住地方，一間非常雅致的公寓套房。她住在台北，瞞著家人來澎湖從事公關坐枱工作，和她漸入的深談後才知道她一面工作一面勤學的啃書，準備參加當年的公務人員特考。她有一個要好的男朋友，而朋友並不干涉她的私生活。

因為受傷她只好請假在家休息，每天除了吃飯和洗頭之外幾乎窩著看書。她不算很漂亮，卻有一付很勻稱的骨架及修長大腿，說話也輕柔婉約，完全和你想像中在那種聲色場所工作的感覺不一樣。和她談的來，也慢慢喜歡上她哪兒，甚至她去上班了我仍可自由的在她閨房中逗留。日子久了，竟然由先前傾慕至茫點的墜入情網，我真愛上她了。

我們的愛被人發現，她男朋友知道事情後竟然控制我的行動，逼迫我和姐姐裸裎在床做出猥褻動作，然後他照下了好幾張相片要脅我，只要放假日就到他哪兒當小弟使喚，甚至唆使我去和人家打架，一直到高中畢業為止。

一幕精彩絕倫的愛情悲劇上演完畢，他默然神傷的嚥下唇液，努力擠出一苟不算漂亮的笑顏，抬頭挑了她，「咦！」怎麼了，她竟然無聲無息的淚行滿腮。

「比我還苦，當時你才十七歲。」用力搖著頭，為他所受的酷刑感到不平。

嬌小玲瓏的柔嫩嬌軀仍儘量墊高腳丫地伸手去抹滅他努力噙住的淚行，因為極近的覆履動作，兩顆柔稱酥胸正緊密貼撫在他胸膛，瞬間一股暖烘烘熱流直入心扉。他閉上雙眼靜靜去浸濡她身上所散發出的女人體香，待她知覺此舉有過失當，正想抽身離開。

兩隻手環扣的鉗住腰身，一串低沉鼻息正爬過她的右肩，順著頸側動脈迴移纏進耳腮。她想掙脫愈加凝重的氣焰及開口叫喊，可惜卻貪婪乏力的醉臥在他無法抗拒魅力之下，一股充滿男性味道氣息正灌入心房，接著一副溫潤而飽滿的唇瓣正密合抵制她唇，這種毫不留情的啃噬，任何女人都很難逃過的，唯有乖乖等待被他淪陷。

將頭低盼的埋首在胸線兩峽之中，沒有吸吮，只是僻住氣息狂囁，右手輕貼附履在渾圓盈姿蓓蕾下，他似緩漸進的如蜻蜓點水般搜繞，然後由平滑波谷躍上山峯，接著在峰頂上一陣輕噹。環扣腰際的左手也迅速攀上另一高峯，待手掌完全攫住頂上蕾蕊，同時將唇舌擒住剛剛被波揚的傲挺酥胸。

她輕輕發出「啊，哦」的嬌嗔嗤吁聲，因為雙腳已經乏力的無法支撐身架，雖然是已婚的有夫之婦，但這半年來俞正浩一直沒有和她有過肌膚之親，而她才二十二歲而已。深藏禁錮的沉壓城壘很快地就由范家祥的另一隻手順著腰際下探，熟稔而規則的劃破短裙，五指貼觸的扣住窄道，中指正密合勾揉住幽林中的小徑，一回又一回的上下搓動。

她漲紅柔眸粉腮，唇裡喃喃發出嗲聲，抬頭挑了媚眼，順勢將身子倚侍上前，此時胸前蓓蕾被搓揉的尖挺亭立，腹下也被緊緊包扣蝕弄的滋滋作響。一座寒冰酷凍雪山迅速如排山倒海般崩裂溶解，她已按耐不住被炙熱燃燒的火燄如此煎熬，先將一切矜持暫且拋開，整個身子如錦蛇一般滑溜至他褲檔，不用廝磨，十指打開成圓弧型，飢渴的快速揪住肉指，能有多快就多快的上下套動，一直到汗淋浸衣溼身全透為止。如此熾熱的狂顛至神魂剝離，雙手才泛麻的漸緩下來，整個酡紅粉腮更添紫燄、火燙。換了一口長氣，佈滿血絲的翹楚明眸望著菱唇前的挺立肉棒，馬上一口吞噬蝕盡，讓整個臉腮充填的鼓鼓漲漲。

范家祥已舒服的兩腳抽動，雙手按住她的髮稍，隨著一挺一退的規律波動，整個揚俊飛弧劍眉發出血絲紅光，眼前激盪奔騰情慾加速心悸跳脫，一個後退閃移分開了兩人密合吮渡，他從腋下將她撐起扶正，兩手滑過胸部至纖細柳腰位置，輕掠將她彈離地面，似柔又粗暴的翻入床榻，然後再次纏進扣牢她的唇瓣，此時右手不客氣的將她筆直大腿叉開，亮出早已焚火賁張的肉棒準備掩入，沒想到正淌開心扉要去感染愛的滋流時，她卻雙腿併攏夾住他的腰身，一個翻滾攀動將自己置於他的腹腔上，緊緊抓住肉棒直入珠露欲滴的幽林小徑，來個座上蓮花姿勢。

醒來，已是中午時分。

伸手去扣觸身邊男人。

他已不在。

床頭櫃上留有一紙。

公主：

看妳睡的那麼好，捨不得驚擾妳。

冰箱有鮮奶和土司，請自行處理。

不要逃離，等我回來。

范家祥筆

一夜迷思又讓她很快拾回自我，她是人家老婆，身份証反面配偶欄裡還清楚註著「俞正浩」三個字。不行也不能就這樣憑空消失，她已是離家出走的壞媳婦，如果再不回家，惹火了俞正浩說不定他會登個「警告逃妻」專欄，那真會崩潰蝕盡。

坐在床沿呆愣，真不想回去面對他們母子，難道我犧牲還不夠嗎？二十歲耶，正值青春活潑年紀就不曾和家人商量的為了滿足遺願，背棄所有理想的跟你躲在深山窮嶺裡苟活，現在就因為我不能生育，所以一腳把我踢開。

對了，那個死醫生他到底是怎麼檢查的嘛，明明是我有問題，還強要俞正浩也去篩選，「喔。」你看他不正高興的快做爸爸了嗎！等我回去以後一定去找他算帳，掀了他庸醫的爛招牌。

離婚，也得回去收拾行李；不離婚，那就練好一身金剛不壞之身，準備接受婆婆虐待和俞正浩的嚴刑拷打。抓起筆，在范家祥留下字條後面再添。

范同學：

感謝你的收留，不管往後日子如何煎熬，

該去面對總要有人出面買單，雖然注定我

未戰先敗，終究要搏到最後一絲氣息，方休。

我不會去尋死，也不再來打擾你，你我都是大海的孩子，我們都有堅強意志胸懷。

雖然曾經失落，但恭禧你已走出陰霾，願你遙祝我也能殺出重圍。

再次謝謝你給我的思路，不知你是否還記得高中時，學校同學都叫我們「范大使和童夫人」嗎，我當時真的好期望這是事實，而成為你的夫人

童艾華　留筆

相同的車程，一樣埋首在椅背裡，這次沒有哭著睡著，而是清醒的下定幾種被虐版本。

婆婆坐在大廳，臉孔堆滿譏諷的表情，而俞正浩雙手插腰的來回踱步，然後一見面就抓起頭髮的向外甩出；還是衣服已經幫我收拾好了，只要我一出現，桌上離婚協議書蓋個章，擰起行李不用說再見調頭便可離開；或者就是把我關起來先讓我餓個三天三夜，再把

要倒掉的剩飯從窗櫺塞進來給我吃，過一陣子後便向鄰居說我發瘋了，強迫把我送進精神醫院，而他就可順理成章娶進那個為他懷孕的女人回家。

一次又一次揣測幾種可怕幻覺，這是一種自投羅網的毀滅性自殺，想要閃躲也無能為力，只好囉！硬撐起疲倦不堪的愁靨，把自己強迫式踢回現實窘況。

踏入家門，事實與原本心底泛起構思有了差異，俞正浩和婆婆並未在客廳守候她的一夜未歸而準備開堂審刑，落落長廊靜的有些可怕，客廳大燈仍舊晦暗的照視整個門口埕，自己心虛的不知該如何面對這個出乎意外版本劇情，佇立在玄關處呆愣，接下來該怎麼辦才好。

平撫紊亂的思緒，沒想到四周竟然如此靜謐的有些孤寂。即然已經回到家了那還有什麼可擔憂的，一個跨步橫過大廳門檻進入這個伴隨自己夜夜孤寂的閨房，房內一切並未更動，只是化粧台上卻留有一紙。

艾華

我知道妳一時無法接受事實。

這是我犯下的滔天大罪。

希望我們能平靜去面對問題癥結，然後做個合宜解決。

我和媽先去台中找房子，我們換個環境重新再來。

兩天後，我回來接妳。

俞正浩

讀完俞正浩留下字箋，一動也不動的定在哪兒，一手拿著信紙一手按扶桌沿，心靈澎湃的鼓震著，心想俞正浩你要玩什麼把戲，又要用怎樣方式來折磨我了。

新的生活方式有了新感覺，俞正浩不再跋扈專橫，他在離紫依不遠處租了房子，也讓艾華自由外出工作，而且不去干涉她的生活領域，俞母也很少再去鄙夷她。雖然他一星期四天留在家裡過夜，但艾華卻自從得知他和紫依有了孩子以後就不再和他同房，彼此互相不去牽絆對方，只是過著有名無實的生活而已，任誰也不願主動去勾勒尖銳問題。

清晨，艾華一直沒有起床，俞母到附近公園運動回來，看著廚房飯桌上沒有早餐，旋即輕叩了艾華房門。

「艾華，時間不早了。」俞母敲了兩聲，語氣淡淡的嚷著。

「哦。」低微應道：「媽，我人不舒服，爬不起來。」雖然說爬不起來，仍盡力的撐沿床頭下床開門。

一臉泛白的有些滄桑，本想硬撐不讓婆婆知道自己的脆弱，因為她知道在這個家自己只是掛個名的菲傭而已，但是這個舉動卻一下子就幻滅，她已不支的暈眩倒地。

「俞先生恭禧你，夫人已經懷孕兩個月了。」醫生拿下掛在耳朵裡的聽診器，簡單在病歷表上填入幾行英文字句。

「謝謝。」俞正浩錯愕的驚慌，他先忍住了發狂和咆哮，臉色一陣青白的反覆佈在臉頰。

艾華從內診室步出，右手仍輕按著微痛腰際，原本泛白腮頰更顯慘白，她不敢去幻覺事情突來的驚悚，怎麼會這樣，她不是不能懷孕嗎？醫生怎能隨意判決她的酷刑，難道是誤診或者又是另一個庸醫。

不敢正視俞正浩，他知道兩人彼此已經近一年未曾同枕共眠，今日醫生突然宣佈喜訊，這可會死人的，她腮頰刺紅的想去斥怒醫生亂言下斷，結果話到唇舌又嚥了下去，「完了，完了。」難道是一夜未歸所付出的代價。「對了，范家祥。」是的，是和范家祥一夜情所埋下的種果，這下跳到黃河也洗不清罪刑了，她該怎麼辦，這是女人不守婦道的最慘痛教訓。

誰都不願開口去勾動這個致命傷口，路上俞正浩壓住賁張怒火，整個臉頰激動的青筋浮漲，「妳死定了，童艾華。」竟然在我背後做出這種有損顏面的情事，妳不是很乖嗎，不是聖女嗎，妳也太看扁我俞正浩了吧，之前提出離婚妳不要，現在卻能玩弄讓我戴綠帽子的醜聞，妳睜開眼睛等著看我如何煙滅妳，折磨妳。

完了，一切不該來的卻偏偏遇上，怎會這樣不堪的遭此打擊，上帝你也太關照我了吧！這個玩笑開得不會太大嗎？結婚兩年來我想要的你偏不給，現在不能收的卻莫名其妙拋給我這個大禮物，我何德何能承受如此待遇。

生命的轉捩點從此開始，人生最後一絲殘喘到此為止，無話可言，該承擔的罪孽就此衍生，這輩子注定揹負千道無情刺痕。

泛泛二十五分鐘到家的路遙但願它永遠別來，這個完全不屬於童艾華三個字的掛牌女主人正式被打入冷宮，「范家祥呀范家祥。」是我上輩子欠你的一條生靈，還是你繼俞正浩之後出現凌虐我的主宰。上帝在我十九歲起就不眷顧我，而你和俞正浩卻續手蹂躪我的軀殼，讓我完全置於死地而不能後生。

俞正浩沒有再出現，也沒提出離婚字眼，他在想著如何修理艾華的辦法。她不敢吭聲半言的躲在房內思噢，該把孩子拿掉呢，還是賭氣的爭個我是會生孩子的正常女人，這個生命雖然來的不是時候，卻是我童艾華凝聚生命所有的祈盼。我要把他生下來，即使最壞打算的被俞正浩趕出家門，我也願意承擔所有而勇敢留下他的存在。

很想和他正式把話談開，可惜俞正浩沒有給她對話機會，但這種風雨欲來西滿樓的可怕襲擊更是撩人心悸。每天只是憂憂怯怯的煎熬被狠狠撕裂痛捱，其它的她根本不敢去遐想，因為生命何時終止都很難預料。

這天俞正浩終於現身在家，瞧他滿臉落腮鬍的憔悴模樣才叫人有些膽怯，他用粗略眼神冷冷凝了艾華明顯突出的肚皮，然後隨即閃身進入母親房內。

「媽，紫依生了。」平復而低沉嗓音，輕輕附在母親耳際淡言：「是個女孩。」隨即又轉身步出房外，用卑微眼神瞪了艾華一眼。

「我想去看看紫依。」聽見俞正浩和婆婆對話，她用極小聲的語氣對著他說。

「不用。」雖然紫依為他生了俞家第一個孫女，卻一點也沒帶給他絲毫喜悅：「我們是到了分開時候。」話畢。撇過頭的向著陽台窗口仰望，然後徐徐點上香菸，讓一圈圈煙團向上擴散飛離。

「……。」沒有太大震驚，這是她已經準備好接受事實的表白，遲早會來的最後一段對言：「好，我走。」應了他的話，隨即推門進入房內。

沒有可留念，也不用帶太多離開；來的當時輕盈若若，去的時候也該了然卻卻。誰也沒有虧欠對方，只是遺憾來去匆匆這一遭太不夠漂亮而已。

「這是離婚協議書。」一手提著簡單行李，一手將協議書遞給俞正浩：「印章和名字我已簽好。」將頭低盼下來的輕輕言道，耳後長髮掠過肩膀的掩住緊緊扣牢欲滴倩痕，這一年來她已練好被冷漠、孤寂、鄙夷功力，所以今天不準備淚灑滿江。

「紫依的孩子，我取名俞愛華。」接過協議書，順手抓住她的手腕：「不管誰的錯，妳都為我犧牲很多……。」欲言又止，輕撫的扣住她手，隨即又放開。

悻悻然的移開腳步，沒有多看一眼也不願回頭思眸什麼，一段兩年夫妻情緣就此打住，她付出青春歲月也因懷孕情事做了平分了決，俞正浩沒有預期的兇悍和殺戮還能簡單放她一馬，這也算是夠情意了，夫妻嘛！總有點共枕情緣。

她無路可逃，宿命將她歸納為單親女子。挺著能在肚內翻覆的靈動，央著兩位同血親姐姐收留，她下高雄尋求暫緩的避風港，也唯有如此那艘小小帆兒才能平安下水。

翌年四月。

童艾華生了一個男孩。

沒有父親名份的小男生叫童偉傑。

澎湖父母接她們母子回蜜月島。

第七章

蜜月島的風情因觀光季節來臨速變的非常熱絡，望安固有情分不因她離婚帶有一子而輕蔑。短暫離騷悲歌迅速恢復起燃，愛的彌補充填無耐頹靡之身。父母親情感召讓她從谷底爬升上來，一切風淒淒雨蕭蕭情愫化為情牽的愛苗滋長，時間消弭淡化很快又將一朵凋零百合揚上眉梢。

從小過繼給親戚的三姐，夫家在蜜月島上擁有一家大型成衣工廠，為了自己日後生計打算，她在工廠安插了會計一職。一切痛殘已經結束，蜜月島上所有人群以熱誠摯愛呵護，讓她重生的再度攀附枝頭，笑容又佈上她的倩眸。

新的工作性質雖然有點兒摸不著頭緒，但以她聰明伶俐的靈活腦子，這些加加減減數字遊戲並未將她難倒，只是千百款式衣服批號，讓她必須費力攀附腳尖的一一查點才是傷透腦筋。

「同學嫂。」以高分貝吶喊由外頭推門進入辦公室，他瞅了艾華一眼：「小姐妳好，請問同學嫂在嗎？」他用手指比了大辦公桌上的空位，然後用深層濃眉瞅著她。

「請問……。」疑惑的凝視這個看起來並不面惡，卻滿臉鬍渣的大男孩：「先生你找誰。」停止清點衣服貨量和他對面杵著，她正在等他回覆。

「哦，對不起，對不起。」瞅了艾華之後，他才發現自己的詢問有些怪異：「我說妳們老板娘在嗎？」話落。自行坐在沙發椅上，抽出口袋香菸準備點燃。

「先生，抱歉，這兒是禁菸區。」艾華止了他的舉動：「老板娘馬上就來。」雖然不排斥這個大男生，卻看他如此隨性不拘小節還真有點討厭，不管心裡頭怎樣想著，仍堆滿笑盈的為他奉上茶水。

「對不起。」收下叨在嘴裡香菸：「小姐妳是新來的。」他仍吊兒郎當的樣子，還沒等她回答隨即用手去撥開窗戶的百葉窗幔，瞄起左眼的向廠內掃視。

「……。」並沒回覆他的問語，心想你這個人也太不懂禮貌了吧，竟然詢問人家卻不正視對方，還眼睛四處張望。

「哦。」坐回椅子，這下才發現自己好像有點兒隨性：「對不起，對不起。」

由心底泛起的感覺，這個人也太可愛了些，進來辦公室好像沒說什麼重點，就是一直將「對不起」三個字掛在嘴邊。不過也好，能有這般知道錯誤而馬上更正的還算不壞，總比一些不知方寸的人好多了。

兩人交集的話語不多，還好老板娘真的很快便推門進來，化了彼此僵持的對峙和不安。

「同學嫂。」他先開口叫了年輕老板娘童艾卿：「今天比上個禮拜漂亮哦。」步向前去跟艾卿打哈哈。

「少來。」童艾卿坐下椅子，馬上從抽屜裡拿出支票：「敘文，伍佰萬夠嗎？！」揚起俏眉挑了小叔一眼，這是丈夫的親弟弟，也是和她自小學開始的同班同學。

從小周敘文就是頭痛人物，在學校不喜歡讀書卻又愛打鬧，幾乎每星期都有同學到家裡告狀，唯獨童艾卿沒受嘻弄，同學之間便將他們倆人速配一對至高中畢業，然而周敘文高中一畢業就喜歡上海裡的漂泊浪跡，亦然投入跑船行列也不願和哥哥守著家業。

沒想到幾年之後，童艾卿竟然變成他的大嫂，所以囉！只好叫這個同班同學又大嫂的童艾卿——同學嫂。

「夠了。」接過剛開的熱騰騰支票，用嘴巴輕輕的吹著，然後對摺放入口袋：「同學嫂，這是新聘的會計小姐吧。」轉身離去，又回過頭的瞅了艾華。

「是呀。」童艾卿微揚柔眸應道：「她是我四妹，叫童艾華，請問周二少爺還有何指教。」

「真的嗎？」一種疑惑加猜測判斷，兩行深絡劍眉挺挺翹立橫豎：「漂亮。」用手半摀唇沿的側耳至艾卿腮後輕言。

「艾華，周少爺說妳很漂亮。」童艾卿故意將聲音放大，對著正在核對批號的艾華嚷嚷。

「謝謝。」她稍停了一下，略略向周敘文點了頭又繼續她的工作，臉上並無特別表情。

「……。」周敘文愣慌了，突然被嫂子這一脫序演出，整個腮頰漲紅的如豬肝色澤一般。

瞅了童艾卿一眼，有些不由自主的咬緊唇瓣，或許這不算什麼大了不起的事，而以他這種海王子型的放浪行跡個性，其實並不在乎這一小小玩笑，只是對眼前這個嫂子親妹妹的童艾華特別有種遐思好感，雖然這種動作只是短暫的在腦部迴繞一圈而已，可是卻深烙在血液裡竄流。

「同學嫂，我走了。」特別將聲音拉高，這算是一種最簡單的化解窘態最好方法：「謝了。」迅速閃出辦公室，他得儘快將伍佰萬支票付給造船公司。

將跑船兩年省下的所有積蓄加上哥哥給他的伍佰萬，他投入觀光旅遊行列。以他對海的熱衷情懷及蜜月島獨有天然景觀，他有信心的想在這條路上衝出一片天。

出了哥哥的工廠，跨上這台島上獨一無二的超大型1000 CC重型機車，很快的並揚長飛離，車身一下子就已不見蹤跡，但引擎留下震動聲響還停住在原地未散。

平時甚少到哥哥工廠的周敘文最近不曉得怎樣，只要一閒遐便三番兩次的繞到辦公室晃晃，艾華問他什麼事，總見他支支吾吾的東呼西應，答不出所以然來。

免用太多的腦筋去思維這個笨問題，周敘文的舉動已經泛然整個工廠工作人員，大家心知肚明的確知他意圖為何，由於人多總免不了有幾個小圈圈的指點，卻也有和他對面擦身而過的人員向他豎起大拇指。他知道廠內的那些小格局交談是在描繪童艾華是個離婚還帶有一子的女人，而自己是一家大公司的二小開，雖然沒和哥哥一同經營父親打拼下的家業，仍擁有工廠一半股東。

「童小姐好。」中午用餐時間，他像個頑皮鬼一般的無影無蹤閃入辦公室。

「你好。」艾華起身為他倒了一杯茶水：「你吃了嗎？」

「謝謝。」用手搖搖手心。

「需要替你叫一份便當嗎？」她回到自己坐位，繼續用餐。

「艾華，明天有空嗎？」抬眸望著正在低頭吃飯的艾華。

「什麼事。」放下筷子，取出紙巾輕拭了唇邊油漬。

「明天我的快艇下水典禮，特別邀請妳到公司和我一起慶祝。」整張容光煥發的漂亮俊臉，耀出一種自信自豪表情。快艇是他的獨鍾，更可三天三夜不吃不喝也不能虧待的熱愛。

「……好。」躊躇半晌，微微咧起唇顎允諾。她有些不安感覺，或許明天盛會可能遭來不必要的閒言閒語。

「謝謝妳，明天早上九點整，觀光碼頭見。」渾厚而富有磁性嗓音低呼，雙手插進鬈髮梢，然後將下唇外翻的扮個精靈鬼臉。

整個下午渾噩的無法安心工作，幾小時的思泛仍舊沒有理出頭緒，明天新船下水典禮能參加嗎？大家能平和的不去排擠或流言譏諷嗎？這不是給自己惹來不必要的傷怯並波及周敘文嗎？

「唉！」剛才是不該答應他的邀請才對，免得明天自己上了蜜月島的頭條新聞，這可會被爸媽罵慘的。

周敘文的快艇下水典禮果然造成很大震憾，這不僅是個人的事，更是蜜月島上所有居民的大事。整個觀光碼頭站滿歡呼的人群，一些地方政要可說統統到齊，他們慶祝自己島上有人成立遊艇公司，正式成軍的跨入觀光行列首衝，以後不必要再受中間旅行社的牽制而直接面對客源，更可將故鄉特色有條不紊的呈現給每位駐足遊客，讓他們悠閒又豐富的飽覽古意盎然景致。

雞尾酒會場上，大夥都來向周敘文道賀及鼓勵，尤其首長在致詞時讚揚他的年輕才俊，鼓吹他應該儘快結婚，求得一位賢內助幫忙打拼事業，更希望本地小姐不用客氣的追求，別讓條件這麼好的年輕帥哥被外地人搶走。

站在主席台旁的周敘文漲紅滿腮，他微露笑聲的說不出話來，始終將臉低盼著地上而不敢正眼掃視全場，因為他發現有人站在艾華身後卻用手指比著她的頭額暗示。一場簡單隆重的起航典禮渲染了整個島上風光，周敘文展露微笑的頻頻向來賓道謝，然而他的視線卻一直跟著艾華移動。她也意識到今天會場上的男主角兩顆明亮炯眸正射出一股凝人氣焰的梭巡她，為了避免尷尬的窘態，她刻意的閃躲而不願和他面對面會晤，免得大家又指指點點。

她已無心再次勾動情牽，經過一場風殘的婚姻侵蝕，已經將她撕裂得體無完膚，現在能心如靜水的苟活已算不錯，那又何苦再去沾濡不必要的情愫。要鎮定要完全斷絕的一乾二淨，絕對不能有任何動容而變遷，否則又得再度掉入萬劫不復的深淵。

「阿華。」童艾卿著一襲黑白斜稱的絲絨半袖上衣，配上裙擺翹翻的兩片黑色窄裙，臉上淺淺的點了粧，她喊住：「快來幫忙一下。」今天她也算是個主人，全場皆由她一人牽動氣氛，營造熱絡氣勢。

艾華順了姐姐意思，將好幾盤切片水果遞上桌几，然後輕言的招呼旁邊一些地方長者使用，她的和悅舉止馬上被場內人員畫上圈圈，一種略為詭異氣息迅速傳遞會場，所有人群眼光正抬睥的打量。他們思眷這個小女生是否會變成周敘文的老婆，更有人竊竊私語的為他們擬下定讞，周家很快又有喜訊來臨。

周敘文沒有感染到這種被欽點的御賜，只知道他現在有了遊艇公司，往後可要好好的為理想抱負大大衝刺一番。

「艾華，感謝妳的幫忙。」他像一陣旋風的從人群堆裡鑽出，貼切的站在她的身側低言。

「不客氣。」艾華端起雞尾酒，略伸玉手的在他胸前：「祝你事業順利，找到好老婆。」唇角逸起一抹會心笑容，一張清麗絕俗臉龐點綴著盈盈欲訴的秋睥，真教人不禁為她痴醉。

「多謝妳的好金言。」本已醉紅的寬濶臉頰更添情思：「妳願意幫忙我嗎？！」把嘴巴貼附在她耳腮輕輕低語。

「我願意。」這是艾卿的答腔。明明看她和客人晤談甚歡，怎會這麼神通廣大擒住他的低盼喁語。

「三姐，妳在說什麼了啦。」艾華有些嬌羞的瞪了艾卿一眼：「妳再胡說八道我可要回去了。」

「好啦。」艾卿繼續調侃，對著周敘文眨眨眼。

突來插曲燙熱了一顆動魄的英雄本色，久藏深窖的強烈熾愛趁今日酒酣耳熱之際，藉著酒意故作裝瘋的大膽表露，即使被當場拒絕也不至難以下台。

「你別動我腦筋，我不是一個合適對象，更何況家裡還有一個童偉傑。」退離他的身旁半步。本以大哥姿態的心情對待，怎會演變成兒女情長，這我可不要，我沒有那麼大勇氣再去承受如海嘯般的強橫吹襲，我這一葉孤舟還得渡小小帆兒上彼岸呢。

周敘文對於剛起步的旅遊事業投入全力經營，每天忙得焦頭爛額，有時更是兩餐併一餐的簡單抵過。為了讓工作順利步上軌道，常常請求童艾卿到公司為他接洽客源及安排船次。

「同學嫂，從明天起連續二十天都有旅行團進來，我看這下可忙翻了。」拿起礦泉水一飲而盡的咕嚕咕嚕，他的聲音已變得粗痖破嗓：「拜託妳幫我找一個助理好嗎？」眼睛含意著一抹痴痴盼兮。

「好啦，明天起就將艾華調過來支援。」她明白周敘文用意。

「謝了。」淺露笑靨的映在黝黑臉龐，再一次將礦泉水往吼嚨裡灌。

「敘文，你真喜歡艾華嗎？」艾卿坐在電腦前正為他排定明天的行程旅客名單，她悠悠的問著。

「是呀！是蠻喜歡的。」挑挑眉：「妳願意幫忙牽線嗎。」趨近她的身旁，故意眯起眼睛讓額上皺紋增加好幾條，表示自己已經年紀不小該結婚了。

「她有一個孩子，你不怕別人閒言閒語嗎？」艾卿停下手，略為抬眸的瞅了他：「爸媽會同意否。」

「沒問題，爸媽那邊我去遊說就好，結婚的人是我，他們兩老有什麼好干涉的。」他有把握能壓住父母親的排斥。

「你先和爸媽溝通，如果他們答應了，我就替你牽紅線。」她也希望能成就這樁婚姻。

「一言為定。」周敘文向艾卿比了大拇指，然後和她手心對手心的擊了掌。

朝夕相處及艾華用心為他打理整個公司業務，甚至碼頭調度和接待均滿意分擔了他的工作量，一眼瞧在心裡泛然的周敘文更篤定她就是「我的新娘」。

這一天因為旅行團的班次延誤，他從早上出門一直到晚上九點鐘才進入辦公室。推門的第一眼就看見她仍埋首在電腦旁為出團時間排定表程，驀然一股傾注的感激堆上心頭。他忘卻了超過十二小時的工作加量，以快跳方式貼近她的身旁，用一種憐愛眸光注凝著。艾華並未發現他悄悄站在身後抿笑，一心只想迅速弄好明天行程，然後快快回家去親吮心肝寶貝兒子。

「老板娘，這麼晚了妳還在忙呀！」他用手摀住鼻子，淡言輕喚的在她耳後嚅道。

「哇。」被突來的聲音驚悚，她倏地的回頭一瞥，雙手撫按胸口，有點生氣的瞪了他一眼：「喂，周敘文你嚇死我了。」心有餘悸的顫動。

「對不起，對不起。」連忙道歉數聲，右手並齊斜靠在額頭，雙腳用力併攏的來個正確標準軍人舉手禮：「謝謝妳了。」為她遞上一杯泡著茶葉包的綠茶，然後在她身旁坐定。

「喂，周大老板你也該多請一個小姐來分擔工作量吧。」終於把明天事情搞定。印表機「嘶、嘶、」的列出數張名單，將列表機上的表單撕下交到他手裡：「一切ＯＫ。我也該回去了，最近一天比一天晚回家，回到家之後童偉傑都已睡覺。連續幾天沒抱兒子耶，我看他八成不要我這失職媽媽了。」一邊說著，一邊往洗手間進入。

站在洗手間門口，他殷切的有些不捨，清透眼瞳中掩藏著扣動的情痴，「啊。」真捨不得她如此為他賣命工作，以及對她婚姻失敗的猶憐。用手去捏住鼻子，雙眼緊閉的仰向天花板。

「再見。」艾華從洗手間出來，順手提了掛在衣架上的皮包。她得快點回去才行，雖然兒子有母親代為照顧，但已經好久沒逗弄他了。

「喔。」回神過來，才發現她已經步出公司門口，急忙喊道：「艾華我送妳。」快速衝出門外站在她的機車前方，將雙手打開個大字型試著去阻截她的離去。

「不用，我自己騎車就可以了。」發動車子，真的想回家：「別擋路，否則明天不來了。」她下了最後通牒。

「別這樣，妳現在可是我的最大恩人耶，沒有妳那我可要開天窗了。」將打開的雙手收回，身體仍沒有移開。

「周敘文請別思想不正。」挑明了他的內心話意，然後明確的回絕了他：「你該去找個未婚女子才是，我這種單親媽媽已經不流行了。」話畢。車子由他身側掠過，她加足馬力駛離，不願和他做些不必要糾纏及看他凜冽咄咄逼視眼光。

「童艾華，我愛妳。」對著遠去的艾華身後，嚷嚷大聲喊出。

寄出的雙掛號快遞，總算以平信方式收到。她已緩緩接納情誼漸昇的關懷，但內心仍不免惦怯著楚楚不安。周敘文是一個肯吃苦的有為青年，相信一定有很多好女孩子對他傾慕。雖然內心泛起一股波瀾，但理智還是壓住沸揚情愫，這是不可能的事情，全世界的人都不贊成她再攀附情關，免得日後又落得一身罪殘。

周敘文不知用了何種通天本領，他擄獲了她的父母；再加上艾卿從旁鼓吹，迫使不願再去沾染的扣動又被撩撥，終於情關難守而接納他的捨命追求。

童艾卿是整件事情的推手，為了讓周敘文和妹妹朝夕相處，乾脆將艾華完全調入他的公司，一心和他衝刺旅遊事業。

「艾華。」他在對面辦公桌，抬眸的鎖住她：「冬天淡季時，我帶妳到台灣去拜訪幾個大旅行社。」雖然娓娓道著，不免看出他索動的情悅正在內心裡鼓漲。

「不要。」沒有抬頭，也沒有停止她繼續核對帳目的動作。

「為什麼。」有些訝異，不知她竟會如此快速拒絕。

「你在動什麼歪腦筋，別以為我不知道。」頓了一會，放下手上的筆，抿抿嘴的嘟起唇瓣：「和你到台灣，然後一起去住飯店，你再千方百計的想辦法假借喝醉，趁我照顧你之際，強迫式的欺負我……。」一派合理的推判解釋。話畢，才發現自己說的太露骨了些，不禁泛起紅暈。

「我真是這種人嗎？」他委屈的替自己感到不平，連忙抬起手來做個發誓舉動。

「少臭美了，天下的男人都是一樣。」咧了菱唇一下。發現自己的言論是如此高明，三兩句話就拆穿了他的詭計，這下他便無話可說了吧。

「天地良心，我周敘文一派正人君子，絕非是紈絝子弟。」站起身，抬眸瞅視明亮的日光燈言道。

「好了，相信你就是，別對日光燈明誓，免得它揭穿了你的陰謀，待會兒全部燈管爆了那怎麼辦公。」雖然笑盈盈的回了他，暗地裡似乎又放了另一隻冷箭。

「服了，我認輸了，我真對妳沒輒。今日方知童四小姐是如此伶牙俐齒，小弟在此佩服佩服。」雙手對艾華作了揖。

「知道了我的厲害，還想追我嗎？」起了身，她去飲水機前沖了一茶包熱水：「不用馬上回答我的問題，回家後好好思量，如果怕了，還來的及收住感情。」

「我為什麼要怕，瞧我這一百八十公分身高及黝黑結實身軀，怎怕打不過妳這嬌小玲瓏的小妮子。」強而有力的措詞佔了上風，他高興的伸伸舌頭，表示勝利的戰果。

「喂！心臟夠強。」一坐回座位，她不願和他激辯。

「要不要比個腕力，我兩隻手指頭和妳較量，如果我輸了，就退出戰局，如何？」將桌上文件掃向一邊，伸出手放在桌上，做個比劃手勢。

「君子一言，駟馬難追，可別後悔。」作勢掠掠手背上袖口：「誰怕誰呀！」趨向桌前，狠狠的嗆道。

兩人真的在桌上擺開態勢，她的手腕勾住他的兩隻手指。在還沒有喊開始之際，她出其不意的使勁想去扳倒他，可沒想到用盡全身力氣的漲紅雙頰，仍無法輕動他兩指定江山架勢，才短短一分鐘之久，已讓她氣喘如牛，嬌聲連連。

輕易的將手肘內彎，艾華使力護住被按倒的手背，一個不經意整個人噗吱的向前傾倒，正好滿懷跌入他的胸膛。雙手輕輕地拂住她的粉肩，目光深烱款款地擒住她，然後深深吻上她唇，用渾厚唇舌帶些溫柔而緩緩地迷惘了她的心坎。

「不要懷疑我對妳的愛，這輩子我已認定妳是我的妻子，請給我機會愛妳。」周敘文擁緊的對她訴道。

「別這樣。」她拼命掙開被裹住雙肩：「請放開我好嗎？周敘文拜託你。」幾盡哭嚎的撕裂，不禁恐慌又心有餘悸的顫抖著。

不捨的敞開扣牢雙手，兩眼眸迷惑的瞅住粉紅柔腮。用手撫拭被他剛剛浸濡的唇瓣，對他唐突舉動有些微責。他不能禁慾克制，再次又纏綿熱烈的攻上她唇。這下她連嘶喊力氣都沒有，只好乖乖被這隻如虎般的野狼吞蝕。

經過一陣不太熟稔的灼熱吸吮，他仍不肯輕易放開撫擁雙手，緊緊將她包覆在自己熾烈胸懷，接著用溫熱熱胸膛反覆折磨著。她緩緩挪動纖手去環扣他的腰骨，微閉柔眸的挺立在他目光之下，等待他進一步再次擒住菱唇。

他用舌頭撥開她的溼潤唇瓣，兩手滑過腰際至臀部而輕盈覆住翹挺股瓣，然後肆無忌憚的狂吻及游走背脊至臀股之間。她輕哼著不成調的嗲聲，整顆心被撻伐的溼溼漉漉，胸前蓓蕾配合著心臟震懾，一挺一挺的抵住他雄渾胸襟，灼熱燃燒散發出的沸騰將兩人滾燙汗珠如雨露般的潺潺滴下。他伸手去擄掠她的胸前挺蕾，雖然隔著棉絲罩襯但他指指硬骨已實實附上柔酥腴胸，讓她已夠暈紅雙腮更添嫣紅。

可愛的蜜月島一下子就將所有情願全部公告，島上人民形成兩極化的偏頗；有人贊成這樁婚姻，也有部份不看好這樣結果。他們共同問題落在艾華前夫身上，若有一天回來要孩子那怎麼辦，到時候會不會又爆粟另一件轟動全島的孩子爭奪戰。

她最近一直在反嚼這個棘手問題，加上本身是一個被拋棄離異的單親女人，身邊帶著一個孩子，怎能攀附島上赫赫望族，更何況他是初次婚姻，自己能拿什麼去沾濡人家的豪貴。

周敘文並未被少數流言中傷，他對艾華的一慕傾心天地可表。每天除了戰戰兢兢的把遊艇公司經營穩定久外，其餘時間儘量去接觸艾華兒子童偉傑，他在學習做好一個父親角色。童家兩老並不反對他們交往，只是殷切叮嚀將來結婚了，千萬不能藉孩子問題而夫妻吵架失和，甚至更嚴重的反目撕殘。

第八章

今年冬天特別早到又超級的冷。明天是星期假日，為了彌補這幾個月每晚都得起床為偉傑沖泡牛奶的失眠，今天特地將他交給爸媽，然後準備好好的在這種寒風凜冽夜晚睡個一天一夜。關掉手機，同時交待周敘文不能來找她，告訴爸媽即使天塌下來也叫它等一下，等睡醒了要壓死人再說。

睡覺是人生最大享受，而且不用任何花費便可暖呼呼、香熟熟的蜷在被子裡，讓你浸潤在屬於自己夢境天空。

「咚．咚．」房門還是被母親急促的敲扣著，一連好幾聲的重叩。沉溺在夢幻時空隧道裡的艾華，不得不下床去開門讓母親進入。待門栓開了之後，飛快的又鑽入暖烘烘被窩裡，「真氣人，昨晚不是交待好的嗎，即是偉傑想要喝牛奶也別叫醒嘛，妳真是的。」浸蠕在被窩裡的不斷叨怨母親這麼不夠意思。

「艾華，艾華。」連續兩聲叫喚，見她仍不願掀開矇在頭上被褥，只好提高嗓音再嚷：「俞正浩打電話來，他要找妳。」

「……。」驚愕的掀開矇頭絲被，這下不得了，他為什麼莫名其妙的又出現了。婚不是離了嗎，他不是有個漂亮的紫依嗎？今天為何突然打電話來騷擾：「媽，他說怎樣。」咬住下唇，緊皺眉頭的探問。

「我不清楚，講話的聲音低沉而沙啞，聽他口氣似乎很急又無奈。」童母大略描述了俞正浩的電話語意。

「他還有沒有說什麼。」坐在床上，仍將絲被包裹全身，一副餘溫未盡的睡眼，微張的瞪著母親。

「沒有，不過他叫妳打電話給他，手機號碼沒變。」靠近床沿坐定：「艾華，他找妳做什麼，會不會要爭回偉傑。」童母開始有些不安。

「不會的，他沒資格要偉傑，因為……。」沒有再繼續向下說明，因為童偉傑根本不是他的親骨肉。為了不讓別人知道這個秘密，她連父母親也沒告知。

「要不要給他回覆電話。」童母起身，在轉身退出房門之際，又再次叮嚀：「這事情要告訴敘文嗎。」

「先不要說。」翻下床鋪，簡單的套件長褲和T恤。

「啊！」已經平復的生活，他為什麼又在此刻掀起漣漪。俞正浩，我到底上輩子欠你什麼，為何今生要受你如此陰魂不散糾纏，我的身體遭蹂躪還不夠嗎？現在就剩下最堪憐的精神支架也得被你百般侵蝕支解，這未免也太不公平了吧。

心在淌血，情在哭訴，愛恨情愁為什麼總是人世間最難擺脫的一道鴻溝，不想橫越，偏偏又讓你牽腸掛肚的去涉足，非要把你沾粘的全身污穢不可，甚至一輩子也無法脫離它的晦氣，然後使你飲恨而終。

這一生注定和你沒完沒了，大不了兩個人同歸於盡算了，我就不相信你這個亡命之徒不怕死，有膽大家來試試看好了，別把童艾華歸納在小媳婦，小女人的字彙裡，我不吃這套。

對自己安了幾種可以對付俞正浩絕招，抓起手機回叩給他。

「艾華，妳好。我知道妳一定會回我電話的。」俞正浩在電話那端從容的喊著。

「你有什麼事找我。」欠欠應道。她真不願再聽到他的聲音。

「紫依，已經走了，她帶著俞愛華離開我了。」娓娓言道，語氣中有股難掩的痛挨。

「怎麼會這樣。」沒有太大震驚，她在想，以你這種傲慢又狂顛的個性哪個女人受的了，不走才怪。

「我出車禍。」淡言而冷漠的闡述。

「要緊嗎？」一絲恐懼湧入心肺，雖然已經離了婚，到底他曾經是自己的丈夫，和自己共枕二年多的男人。

「雙腿都斷了。」哀怨的低吟：「我現在一無所有，所以紫依帶著孩子離開。」噙住吼嚨裡的哽咽，在電話中憂憂訴道。

「你現在在哪裡，媽……媽呢！……」又動了情線，她神經開始繃緊，吼嚨裡好像結了繭，聲音起了渾噩的悸動。

「我們回雲林，媽媽在菜市場賣菜。」他懊悔的失聲低咆，忍不住內心的失衡，他哭了。

「俞正浩，別這樣。」提高聲腔的止了他。

「我殘廢了，醫生說我一輩子都要坐輪椅。」

「……。」心中一怔，整個人呆愣的說不出話來。才半年而已，他怎麼變成這樣，平時不是很能逞兇鬥狠的嗎？現在卻只能每天和輪椅為伍，生活還得靠一個年老母親擔待。

兩人很久沒有對話，彼此都在思量過往，或許他在懺悔拋棄她，而她不也惦思著若不離家出走一夜，今日不至讓他潦倒到如此不堪。

上天安排不能盡眾人如意，但也別把他傷的那麼重。俞家不就此完了嗎？自己是否也該承受些許罪過呢。

「我能幫你什麼嗎？」抛出同情的關注。

「請妳給我孩子。」言出，終於放任的大聲嚎哭。他哭盡一生的滄桑和悲怯，哭完自己的放蕩和對俞家的虧欠。

「不行。俞正浩你別動孩子念頭，他不是你的孩子。」幾盡怒吼的狂嘯，整個臉頰一陣青白，聲音裡滲雜著字字抖音。

「我知道這孩子不是我的，但是拜託妳，媽媽為了這孩子已經不知道和我吵了多少回，每次看她哭乾淚痕的求我時，妳可知道我心如刀割一般痛殘呀。」他的語調已經接近歇斯底里的嘶吼。

「我告訴你，不行就是不行。」發狂了，她大聲的咆哮著：「如果你敢動我孩子，我一定跟你拼了，殺死你，砍死你……。」語無倫次的警告。她是一個母親，一個用生命守護孩子的母親，她要保護他，任誰也別想從她手中搶走。

「妳能和我見個面嗎？」放低嗓音的央求。

「不要，我不願和你們俞家再有任何牽絆。不要，不要……。」錯愕的驚慌，她撕裂的哭嚎。

一通電話將她生活步調全部翻絞，潦神失措的衝出房門去擁抱熟睡中的孩子。她喃喃呵著孩子的名字，一遍又一遍去撫摸他的頭顱，親吻稚嫩雙頰。這是她生命的依歸，看誰膽敢從她手中奪去，相信她會扼殺對方。

將所有情傷告知周敘文，為了孩子寧可終身不嫁，也不願別人來分食她的摯愛。周敘文並沒被她的表白而退卻，反而因愛包容的更加下定最大誠心，願與她共同保護童偉傑的童年無慮。

他們帶孩子去做了DNA比對，然後和俞正浩對峙談判，並下了最後通牒，不准他再動孩子念頭，更不可能荒謬的會將孩子過繼給他。

無聲的爆粟將童家折騰的天翻地覆，睽違已久的俞正浩帶著母親踏上蜜月島，他們來看孩子，也在千求萬盼之下認養了童偉傑。

對周敘文的挺身相助，感激涕澪；對俞正浩母子的糾纏，終告落幕。回首一生坎坷遭遇如芒刺在背，不禁仰頭嘆笑無奈，「啊！」命運的捉弄也太過殘忍些，我才二十四歲而已，為什麼加在我身上的包袱卻如千萬條的枷鎖重鍊，讓我連翻身喘息機會都那麼不堪奢求。

今後我不再屬於任何人的束縛，更不會苟活在俞正浩陰影殘夢之中。如今我已練就了不壞之身，隨時將可和敵人對決迎戰。

年中

農曆七月二十六日

她沒有鳳冠霞披，僅著一件翡翠粉綠窄裙及披頭燕尾的拖地連身裘紗。

周敘文開著自己的快艇，揚風躍浪的追逐濺起波浪，船尾兩列蜜月島鄉親所組成的漁船儀隊，「咚咚，咚咚。」的排列在側，他們用竹竿綁著串串鞭炮，伸長的沉浮在水面上鳴放頌讚。

童艾華站在船頭前桅，身上繫著二十四條代表二十四歲的布幔彩帶，雙手展翅的舞動，她在初麓水面上成群啄食的白眉燕鷗，瞧牠們「咯咯。」腑衝覓尋。她高興的將手圍成弧型而貼在唇沿，並對鳥兒們低盼輕聲合應，她在告訴片海的小燕子們，我要結婚了，請你們也來參加我的婚禮，一同與我分享失去的情牽，從今爾後我將不再漂泊，請你們為我見証，我是蜜月島的女兒，更是你們的最好朋友。

船停了，周敘文將列伍擁贊的船隊遠遠抛在水平線的末端，他躍上甲板，移步至她身側，從口袋取出一個紅絨紙盒，一顆亮晶的紫藍水鑽巧楚勾在手指尾尖。

「格格：妳願意嫁給草民嗎？」喚住正在浸浴海浪波逐的艾華。他眼神酷的讓人沉呵，見他一道道射出的劍弧濃眉任誰也無法逃離，他凝住小公主回身的倩盼，原本已夠俊俏的唇瓣更添瀟灑。

「我是願意。」揚翹的柔眸映在碧藍蔚海中，她用手指向圍繞在船舷四周海燕：「但要問我的好朋友，願意答應否。」聳聳肩，一副挑逗模樣。

周敘文胸有成竹的攀附船沿欄杆，然後將一隻手勾起圓圈的放在嘴裡，裝腔的擺了架勢，再由腹腔大力呼出一聲清脆哨音。瞬間海面上千百隻海燕同時齊鳴的應出「咯……。」然後拍翅高飛的盤旋在船沿四周；其中一隻蒼頭燕鷗可能受到驚嚇，牠沒有和其它同伴鼓翅翱翔，卻牢牢的抓住船頭桅竿，牠向海面啾啾，再低頭看看他們，並發出「咯咯，咯咯。」叫聲。

「謝謝，小兄弟。」他向停住在桅竿上，頭上頂著雞冠羽毛的蒼頭燕鷗揮手：「公主，妳的好朋友已經答應了。」

「你怎麼知道。」抬頭嘟起柔唇去飛吻這可愛鳥兒。

「因為牠已代妳向我喊了『哥哥，哥哥。』不信妳自己問牠好了。」

「是這樣子嗎？小燕子。」緋紅腮眸再映朵朵紅霞。

「這下子妳沒話說了吧！我的公主。」捱近她的身側，四目交織凝視：「可否讓這支冰清玉潔的小戒指，借用妳纖纖玉手，使它更加絢爛耀眼。」

「沒問題。」接過他的水晶鑽戒，拆開繫在腰間一條彩帶，小心翼翼將它嵌進絲帶內，隨著船身搖擺，讓它在二十四條綢絲帶中滑動。

他將另一頭繫在桅欄中的絲帶解開，敏捷的扣牢在手腕中：「我願意一輩子守護妳，疼惜妳。」

她的柔眸逐漸氾濫抽搐，眼眶裡泛泛的溢出串串淚滴。

周敘文打開雙手，親密的從背後去撫暱擁抱她的細柳纖腰。

「不要抱我。」拭著淚痕娓娓言道：「我要你一生守護著我，同我朝朝暮暮便夠，我不願像『鐵達尼號的蘿絲』那般，太辛苦了，太悲情了。」話落，將身子輕偎投入他的懷抱。

「咯咯．咯咯．」小燕子在叫。

「哥哥．哥哥．」是她的嬌嗔。

後記

這是一篇真實故事的改編，一位『蜜月島』上年輕女子的坎坷遭遇。在我了解其中悲怯情節後，突然有股激動的情懷，好想將它描述出來。我用半年時間思索故事架構，再用兩個月將它彙整成書。

第一次動筆撰寫此類真實愛情文藝小說，雖然書中用詞粗淺簡陋，但我真的用心反嚼每一段對話及下筆所用詞句，希望閱讀此書者有融入其中感受的讚嘆，一起為女主角的不平下定抱屈，然後給予激勵的扶持。

手稿期間跟我到嘉義受訓，又一同去高雄出差，我幾乎全心全力的把它放在腦子裡，只要一有閒遐片刻馬上會神埋首桌案，我努力的要將它完成。繕寫期間用掉五支鉛筆，由於太過融入情感竟然將削鉛筆的美工刀帶上飛機，結果被探測儀器驗出而遭沒收，「唉！」可想我對此書的一意執著已達到忘我境界，因為故事內容的淒美讓我不得不用心去浸濡其中感受並好好表達出來。

整篇故事我翻讀四次，雖然文詞上無法有更好的措辭突破而讓內容更加撩人心扣，但字字行行間都是我的心思凝聚，每一段話更是細琢之後才下筆，只希望能用最貼切文字來描述書中女主角童艾華的一生行注。

故事的結尾女主角童艾華結婚日期，也正同我本人——民國七十五年（農曆）七月二十六日，在此祈願女主角婚後生活能和我一樣幸福美滿。

此書出版得感謝台北的姐姐——『簡月珠』小姐的支持及贊助。

陳朝虹

二〇〇五年三月完稿

二〇〇七年十一月出版

國家圖書館出版品預行編目

仙人掌之愛 / 陳朝虹著. -- 一版. -- 臺北市 ：
秀威資訊科技, 2007.11
面； 公分. --（語言文學類；PG0157）

ISBN 978-986-6732-37-9（平裝）

857.7　　96022763

語言文學類　PG0157

仙人掌之愛

作　　者 / 陳朝虹
發 行 人 / 宋政坤
執行編輯 / 林世玲
圖文排版 / 郭雅雯
封面設計 / 莊芯媚
數位轉譯 / 徐真玉　沈裕閔
圖書銷售 / 林怡君
法律顧問 / 毛國樑　律師
出版印製 / 秀威資訊科技股份有限公司
台北市內湖區瑞光路583巷25號1樓
電話：02-2657-9211　傳真：02-2657-9106
E-mail：service@showwe.com.tw
經 銷 商 / 紅螞蟻圖書有限公司
台北市內湖區舊宗路二段121巷28、32號4樓
電話：02-2795-3656　傳真：02-2795-4100
http://www.e-redant.com

2007 年 11 月　BOD 一版
定價： 220 元

讀　者　回　函　卡

感謝您購買本書，為提升服務品質，煩請填寫以下問卷，收到您的寶貴意見後，我們會仔細收藏記錄並回贈紀念品，謝謝！

1.您購買的書名：______________________________

2.您從何得知本書的消息？

☐網路書店　☐部落格　☐資料庫搜尋　☐書訊　☐電子報　☐書店

☐平面媒體　☐ 朋友推薦　☐網站推薦　☐其他__________

3.您對本書的評價：(請填代號　1.非常滿意 2.滿意 3.尚可 4.再改進)

封面設計____　版面編排____　內容____　文/譯筆____　價格____

4.讀完書後您覺得：

☐很有收獲　☐有收獲　☐收獲不多　☐沒收獲

5.您會推薦本書給朋友嗎？

☐會　☐不會，為什麼？______________________________

6.其他寶貴的意見：______________________________

____

____

____

讀者基本資料

姓名：____________________　年齡：______　性別：☐女　☐男

聯絡電話：________________　E-mail：____________________

地址：____

學歷：☐高中(含)以下　☐高中　☐專科學校　☐大學

☐研究所(含)以上　☐其他________________

職業：☐製造業　☐金融業　☐資訊業　☐軍警　☐傳播業　☐自由業

☐服務業　☐公務員　☐教職　☐學生　☐其他__________

請貼
郵票

To：114

台北市內湖區瑞光路 583 巷 25 號 1 樓

秀威資訊科技股份有限公司　　　收

寄件人姓名：

寄件人地址：□□□

(請沿線對摺寄回,謝謝!)